塔与重力

[日] 上田岳弘 著
吴春燕 译

新 星 出 版 社 NEW STAR PRESS

目录

Contents

塔与重力

塔与重力

和美希子相识是在来东京前两年的事情，当时我十七岁，住在关西。在补习学校中我有一帮玩得很好的朋友，美希子就是其中之一。那是一九九四年，大约二十年前。

补习学校的一帮好友中，除我之外，大家都在大学升学率很高的高中就读。田中筹划新年后组织一次三日两晚的集体旅游，一月十五日出发，我也参加。这其实也是一次由三男三女组团的散心游。筹划人田中是一所精英高中的学生，立志考入京都大学。从初中开始，他便一直在男子学校就读，好似没和女生正经说过话。他本人也很惊讶，自己竟然能在补习学校组建一个这样的小团体。

前几天开始，脸书上“可能认识的人”一栏的上方，一直显示着田中的名字。我试着点开了他的头像，内容显示他现在在东京的一家咨询公司工作。在大学入学考试前夕，他将志愿从京都大学改成了一桥大学，和我在同一时间来到了东京。但我们没有遵守“在东京一起玩”的约定，也都不了解对方的近况。我有些怀念以前的日子，于是向他发送了好友申请。之后又对他最新一条动态“第二个孩子出生了”点了赞，还留言“好久不见，下次一起去喝酒吧！”。对方立刻回复了一个竖起拇指的标识。

好了，健康活着的田中无关紧要。还是来谈谈美希子吧！美希子死于阪神大地震，这是在我们六人集体旅行期间发生的地震。我们集体逃学出游，第一天一大早就去参拜了神户三宫附近的神社，在回补习学校路上的一家咖啡馆里吃了午餐。下午，我们去了补习学校的自习室，晚上住进了神户市内的商务酒店。第二天，我们一起学习了一整天。令人兴奋的是第二天的晚上。大家集中到了男孩子睡觉的房间，还喝了一点从便利店买来的酒，都是些啤酒、酒精饮料之类的廉价酒。大地震发生的前一晚，我们就是这样度过的。

一月十七日，地震发生了。我们入住的酒店倒塌了。我和美希子大概被埋了两天，不过都没丧命。我在被救出后睡了整整一天才醒，美希子却再也没有醒来。听说她在沉睡了几年之后死去了。一月十七日之后，我再未见过她。因为她的父母不让我见。如果没有发生那次地震，我初次性体验的对象或许就是美希子了。

就像田中将升学志愿从京都大学改为一桥大学一样，我也将志愿从神户大学改成了早稻田大学。在东京几乎没有熟人的我，当时一边听电台司令乐队的*OK COMPUTER*，一边回味美希子对我说过的话，“田边肯定什么都办得到”。

美希子还说：“你无论做什么肯定都能一帆风顺。所以，你将来肯定会有一个好太太，还有可爱的孩子，一切肯定都会顺顺利利的呢。我这么说没错的，相信我吧！”

那时的我青春期即将结束，想起她来并不是因为把她当作“可能发生关系却未发生的对象”。记起美希子，我就会颇为感伤地想起那段时期。其实我一直在努力地不去想起她。那场地震葬送了她的人生，这对我的内心造成了巨大冲击，如果故事不是这样结束的话，我应该很快就会忘记她了。回想起来，我和她其实也就相处了至多八个月的时间。

虽然说起来有些俗套，但我觉得自己挺薄情的。我对美希子的那种感觉，后来也对其他女性产生过。不过我总在事后发现，那不过是一种交织着寂寞与性饥渴的，自私自利的感情，并非爱情。我为人生尚未过半就离开人世的美希子感到可惜，却并非爱着她。迄今为止，我还没有认真地爱过任何人。

从神户来东京之后，我就住在了铁路沿线的单身公寓里。那是“人类要灭亡”这一预言的有效期即将结束之前，也就是“一九九九年恐怖大王将降临人世”，诺斯特拉达姆士的预言流行于世的那段时期。对于“恐怖大王”这个模糊的关键词，很多人理解为天灾或人祸。即便发生多么非现实的灾变，人们似乎都会轻易接受。当时社会上充斥着这么一种绝望的气息。而实际上，在大地震之后，我刚来东京那段时间，世纪末性质的事件的确此起彼伏，比如接连发生地铁沙林毒气事件，奥姆真理教教主被捕事件，以及发生在本地、比我年纪小的孩子对更小的孩子下毒手这一事件，还有一些无聊的电视节目说什么因千年虫引发的计算机程序故障可能导致核弹的发射，等等。在这种舆论声中，现实世界迎来了新年，进入了一个崭新的世纪。

在阪神大地震中被压在倒塌的酒店下面之后，被埋在瓦砾中的一幕常在我的脑海里回放，为此我十分苦恼。诱发记忆闪回的条件有两类，一是身体处于无法动弹的状态。比如，在不知情的情况下进入把手损坏的洗手间，身处行驶在高速公路的车中，或是坐在剧场那嘎吱作响的座位上。一想到暂时无法从这里离开，我就不行了，背部肌肉紧绷、心跳加速、头晕目眩且手心冒汗。另一类就是发生地震时。这个国家经常发生一些小型地震，一出现震级为二或三的晃动，我就止不住地浑身发抖。

来东京开始一个人生活之际，我就尝试了逆向思维。我不去防范无法避免的地震，而是决定住在电车通过时势必会晃动的公寓里，以便让身体习惯晃动本身，让自己分不清究竟是地震的晃动，还是普通的晃动，晃动越大越好。于是我尽可能选择了旧公寓。刚开始住的一周时间里，被埋的场景在我脑子里回放过两次，但我并没有因此惊慌失措。我感到特别不安，但没吃药就挺了过去。这种野蛮式的治疗取得了很好的效果，随着时间的流逝，场景回放的频度减少了。到东京半年后，我就习惯了普通的小地震。

住在铁路沿线的好处还有很多，例如房租便宜，大多住户也不在意噪声。陪伴我度过大学四年的那间旧公寓，现在想起来依旧十分怀念。那是一栋建了大概五十年，外墙贴了瓷砖的木制建筑，房租包含公摊费用才三万日元。公用淋浴的费用是每月三千元，算是一个非常经济实惠的住处。随着对晃动的习惯，我连密闭空间也适应了。院子里建了两间淋浴房，电车从旁边经过时，整间淋浴房都会哐啷哐啷地摇晃。而我对此已经习惯，可以若无其事地洗头洗澡。电车来回穿梭，一直到深夜才停。尽管这种简易房的墙壁一点也不隔音，邻居却能毫不顾忌地与恋人亲热交欢。尤其是右侧，总是频频传来让人恼火的声响。这究竟是住廉价公寓的利，抑或是弊呢？我也说不清。

那段日子，我经常冒泡的群里，有人想到贸易公司、银行、电视台等著名企业工作，有人野心勃勃，打算将来创业或做自由律师，有人立志成为电影导演或作家。各类人微妙地交叉重合着，形成了一个个气味相投的小团体。在脸书上查一下，你就会发现白领群中多数人有一两个孩子，好友数在一百五十人左右。创业群里面的情况大概就是一个创业的人不断发有关商务活动的信息，其他人都只是在群里潜水而已。艺术类群组的人都是零零碎碎地上传一些展览会、电影、戏剧、音乐会的观赏记录以及类似反思的感慨等。稍稍令人意外的是，在一流企业工作的人很少注册脸书。我本以为他们可能常用社交媒体，可仔细想想，才发现他们每走一步都要遵守很多规则，这样做是为了避免公开自己的日常活动而带来的风险。对他们这种日本精英阶层的人来说，或许已经无须在社交媒体上刷存在感了。

好久没查看熟人的近况了，我给没联系上的几个朋友发了好友申请，很快就收到了水上的回复。他前几天才和我成为脸书好友，之后却一直没有动静。水上现在是律师，属于创业群体的一员。

“好久不见了。大学毕业就没见过呀。你现在在东京吗？”

“是的。好久不见。我在东京。水上你还好吧？”

“找天去喝酒吧？”

就这么简单的几句话，我们便约定了本月内一起去喝酒。

想来，如果这时不这么回复的话，水上的“寻找美希子替身游戏”就不会开始了。

认识水上前，无论在哪个群体，我都觉得不够自在，经常像浮萍一般来来去去。我眼中的水上，和我属于同类。

有时，他也这么说我：“你之所以在哪儿都融不进去，是因为你对事物的认识只有零或一百。要么全部称心如意，要么完全不在意。你对他人不感兴趣，自然融不进去。你的自尊心不是一般地强呢。”因为我们有些地方相似，我和他的交流便多了起来。我感觉他说的话和我对他的评价非常接近。

在我认识的人里，水上弘史是最风流成性的人。他在学生时代不停地寻求和女性邂逅的机会，以至于让我担心他有精神方面的问题。有时他会突然央求我：“我没办法参加那个联谊会了，不好意思啊，你能不能代我去一下？”水上参加联谊会的本领特别高，以至于经常同时预约两场。涩谷的中心地段有一栋楼，里面七层楼都是非常时尚的小酒馆，那是他那群人经常出没的场所。他们曾经在那栋楼的不同楼层一晚参加三场联谊会，开始时间分别为十七点、十九点、二十一点，每场联谊会结束后，他就乘电梯到楼下，解散后再返回大楼，去位于其他楼层的酒馆开始另一场。就这样先后参加三场，结束时已是次日凌晨了，然后他们再去吃拉面，称之为“反思会”。接下来就去水上的公寓，胡乱地躺下来等待第二天的首班电车。

如果说联谊会是为了与女性亲密交往的手段，那么当时的水上已经忘了初衷，把手段本身当成了目的。或者说，水上原本就不想与女性建立友谊，他看似在挑战一种极限，即能够参加多少形式扭曲的联谊会。或许他执着坚持的“寻找美希子替身游戏”就是在这一心理的延长线上进行的尝试。

那时的我也尽量与水上保持势均力敌的状态。虽说如此，我却不像他那样拥有结识女性的能力与热情，可如果他嘲笑我没有女性可约，无所事事，我就会掏出手机，与通讯录上的女性联系。水上以外的人邀请我去参加联谊会，如果还有空位，我肯定会尽量叫上他一起去。我自认为这符合我所提倡的公平，算是一种互惠互利。

我和水上就这样度过了大学生活的后半段，毕业后再没有偶遇过。我感觉我们彼此似乎都很清楚，这只是学生时代的交往而已。因此，就好像在旅行地对偶然相遇的人讲述自己的复杂身世一般，我记得我曾经以那样的感觉跟他谈过很严肃的话题。我告诉了他自己在地震中被埋的经历，还讲了被埋在我不远处的美希子再也没有醒来的一事。水上虽然几乎没有谈过自己的过去，但实实在在地将我卷进了复杂的事态之中。

“我现在就去死，你给我看着！”

说完，他就在我眼前试着服用过量药物自杀。

我坐在银座四丁目十字路口的咖啡馆二楼的窗边，放下手机，漫不经心地朝窗外望去，等待着水上的来电。这时，我看到水上从十字路口的对面走来。能够在行人如此之多的地方发现十五年不见的朋友，想来真是不可思议。从以前开始，他便似乎无处不在，却看起来哪儿都融不进去。

“你在哪儿？”他在脸书上发来信息。透过咖啡馆的窗户，我看着水上的后脑勺，他正在点手机，我回道“在你上面”。看到这条信息，水上像小孩似的直接朝天空望去。然后，他又朝我正对面的三越百货瞟了一眼，接着回头朝上看向了我所在的方向，我俩隔着玻璃看到了对方。

消除分隔十五年所造成的隔阂，大概用了十分钟。反过来也可以说，仅仅十分钟的时间，我们就恢复了原来的熟悉程度。十五年，相当长的一段时间。我们的交往开始于大学三年级，持续了两年时间。现在已经过去了十五年，两年的7.5倍，想必喜欢交际的水上也经历了各种各样的相遇和别离吧。说到我，依旧是那个样子，无论在哪儿都一副毫不妨碍他人的客人模样。水上怎么样呢？跟他交谈后，感觉他也没怎么变。

水上带着我从苹果商店和松屋银座等商店林立的中央大道拐进一条背街，走进了一栋细细高高的大楼。五层高的建筑里全是餐馆，顶楼的餐馆有二十平方米左右，放了三张长条沙发，因为刚开始营业，还没有其他客人。水上好像持有经营这家店的公司的股票，说要用股东优惠券请我吃饭。

水上在毕业后的第二年就通过了旧式司法考试（**注：日本自二〇〇六年至二〇一一年实施的司法考试**），结过两次婚，离过两次婚，每次婚姻都留下了一个女儿。八年前，他自立门户，开了私人律师事务所，现在已经步入正轨。两个孩子由两个前妻抚养，他每月分别支付二十万日元的抚养费。我不了解行情，但也觉得这数额相当高了。学生时代我没问过水上将来想干什么，听他本人说现在做律师时，也没感到任何意外。可是，我实在没料到他毕业后那么快就结婚了，并且还有两个女儿。

“我也很意外。”

我说出自己的感觉后，水上笑着回答：

“到底是怎么回事呢？最初进的那家事务所，工作实在是累，等意识到这一点后，感觉已经身不由己了。嗯，结婚也不错啊。你最好也试着结一次吧。”

“我并非故意回避啊。”

“怎么说呢？有些事情是在不知不觉间发生的。”说完，水上一口干了酒杯中的鸡尾酒。从水上背后的窗户可以望到对面大楼的屋顶。大楼楼顶是倾斜的，中间是朝空中尖尖突起的形状。街道开始变暗，渗进了外围的橙色灯光。

听水上说了很多，我也说了这十五年经历的事。我在大学毕业后做了自由职业者，混了两年后，经熟人介绍进了一家创业不久的公司。去年公司上市，股票的解冻期很快结束，如果能大赚一笔，我可能就辞职不干了。可辞职后做什么，现在还没有一点头绪。

“写写小说怎么样？我的业余时间一直都是喝酒写小说。”

“小说？是想成为作家吗？”

“不，不是的。只是在写而已。我写的东西，怎么说呢，不是为了商业出版。”

“那是为了什么呢？”我问水上。水上似乎没变，依旧坚持着自己的特色。

和水上分手时，末班车已经开走了。水上说了句“再联系”，就上了出租车。我独自在附近散了一会儿步。中央大街上有很多醉汉，灯光彻夜通明。身体因喝酒变得火热，这时吹吹冷风真的很舒服。我不禁感慨，同样都是十五年，我们的过法可真是不同啊！水上竟然有了两个孩子。我反复回味着方才喝到兴头上时屡次想到的事。与此同时，刚刚和水上在一起时没想起来的学生时代的回忆，也一段接一段地涌入不受控制的大脑里。

“你看着啊！我现在就死！”那年，水上二十二岁，说完这话，他就在我面前吞下大量的药片。我们当时就在他的公寓里。我至今也不知道那种白色药片是什么药。我不清楚水上闹死的心有多真，却明白无法阻止他自杀。即便我不在跟前，他恐怕也会这么干。喝下药五分钟后，水上的眼睛就没了生气，脸变得煞白，人也进入了昏睡状态。尽管我没有医学知识，却很清楚就这样置之不理，他真的会死掉。水上松软下来，身体瘫在长绒地毯上，唾液从他的嘴角溢了出来。看着他这个样子，我还是不明白他是否真的想死。我能确定一点，假如我帮自己眼前的这个人消除药效，那么他这副鲜活的肉体很有可能再活几十年。水上智商很高，也很有行动力，将来进入社会，肯定能对周围产生影响。社会把一个发达国家的健全成年人培养到这种程度，势必投入了很多成本。所以，我认为，生存和死亡都不是本人的自由选择，即便水上可以去死，那也得在社会收回了相应成本之后才行。不，成本这类话不是我的首创，是水上经常挂在嘴边的。水上的命就这样交到了我的手上。他之所以跟我谈了这么多事情，或许就是为了迎来这样一个结局吧。如果真是这样的话，那我就应该亲手解除掉他维持生命的装置吗？不，我不能。我完全搞不清楚，他想要这般死去的动机从何而来。

我边等救护车边想这些。这时，我的左腿突然疼了起来。那是地震被埋场景回放的前兆，污水的臭味，时而中断、时而恢复的意识，还有明显感觉到的左腿疼痛。美希子就埋在我旁边。我的脑海闪过这些场景，不，这不是真实的回放。我被埋地下时，并不知道美希子就被埋在我旁边啊。我们入住的那家酒店有两栋楼，只有我们住的那栋旧楼塌了，建筑共有四层楼，二楼部分坍塌，三楼的地板有一半塌陷。可这些都是我后来才知道的。激烈撞击后，我在一片混乱中睁开双眼，视野被完全遮挡，眼前一片黑暗。被埋着时，我没有想到美希子，也没有想到一起入住酒店的任何人。此时，我伸出手抚摸失去意识的水上的脸颊，而这手并未伸向埋在瓦砾中的美希子。

“哎，那都是大脑里出现的幻影。”

在病房里恢复意识的水上这么说。后来，听医生说，如果再迟五分钟叫救护车，水上很可能会留下后遗症。

但是，水上说自己留下了明显的“残疾”。由于喝药自杀这件事，水上接受了警察的调查，已经无法到正经公司工作。水上说这些时，语气里没有一点点的难过。虽然他服用的药不是违禁药品，但如果追查入手渠道的话，也有可能被逮捕。他本人说一调查身边人，事实就会暴露，所以进不了普通的公司工作了。可我当时想，用人单位在录用员工时真的会这么在意吗？

“这就是社会呀，田边。”

“好难混的世道啊！”

我和他聊这些时，还没有认真考虑自己的就业问题。的确，我现在工作的公司在为上市做准备时，主管证券公司曾建议我们，或者说指示——最好让咨询公司确认一下公司内部有没有反社会性势力。证券公司给我们介绍的是由退休警察、检察官管理的，专门确认经营是否规范的咨询公司。证券公司还建议我们，在公司上市后，最好请一位董事负责规范经营。总之，我们得有一个类似于护身符的东西，以保证在股东中出现蛀虫，或公司在做出接近违法边缘的经营判断时不被当局盯上。

虽说如此，我并不知道自杀未遂是否让水上留下了前科。水上出院之后，我们也时不时见面，他一如既往地语焉不详。只是，他谈起这件事时总是一脸轻松，自己推进话题，似乎有意让自杀成为自己的枷锁。

“多亏田边你救了我的命，我的人生轮廓由此变得清晰了。既然放弃了天然的生命，我就得在你设置的框框里度过自己被限定的人生呀。其实那时死掉也无所谓啊。所以，我所存在的，所看到的世界里，田边你就是主人啊。”

水上醉醺醺地说着这些。

“你是神啊。为什么救我，又给我一次生命？”

“因为你是水上啊。没有什么原因。你得活着。”

我们即便谈起这些，也没正儿八经地深入谈过。现在回想起来，感觉其实有其他更值得谈的话题。

承担出资的风险资本和负责业务资本合作的实业公司，可能出于所属行业的缘故，都要求我们公司经营得无懈可击。我在董事里面是最年轻的，小心谨慎地工作了十年后，也感觉自己内心彻底老了。可毕业后一直没见过的水上却说我“一点没变”。

与学生时代不同，我如今住在位于写字楼区域的高级公寓里。公司上市前，我每天的工作紧张忙碌，回家仅仅是为了睡觉，所以在步行可达公司的地段选了一间隔音效果好的房子。我在银座散了一会儿步就回家了，放了部电影，窝在沙发里看着看着就睡着了。可能空调开得太猛，我醒来后感觉喉咙疼。百叶窗开着，黎明前室外的蓝色光线从窗口照了进来。我去厨房喝了几口净水器过滤过的自来水。然后我又想了一下水上的婚姻，那家伙竟然有两个孩子。然而，我曾以为自己可能会是这个样子。怎么说呢，我从以前就自负地认为自己应该比水上更适应社会。包括自杀未遂事件，水上做任何事都马马虎虎，虽然我们好久未见，可现在看来他似乎依旧如此。他所有的发言或行为都让人感觉他的态度是“怎样都无所谓”。

我在去往公司途中的星巴克买了一杯大号的密斯朵咖啡，喝着咖啡环视办公室内部。早晨的办公室永远一个样。我到公司时，已经出勤的每个人桌上都有一杯咖啡。之后到达办公室的人，其顺序大概也是固定的。公司三年前搬来这里，租金是原来的两倍，面积大了1.5倍。由于为上市审查而提交的企业说明书中列举了“劳动环境整治”一项，所以我们就很大气地搬来了这里。我负责的推广宣传及特殊工作，名义上是成本中心，所以上市之后也没有增补人手。虽说如此，但由于特殊工作中有新业务开发这一内容，我有时也会暂时管理销售人员。我要确立以现有资源创造新收益的模式，但业绩最终算入同我们合作的销售部门。我负责在公司内部寻找协作伙伴并说服他们，然后进行公司内部人员调整。由于在数字上很难体现实际业绩，所以对外也难以显示我在公司中发挥的作用，好在个人收入比较丰厚，我也没什么特别的不满。

服务器机房是由竖起的隔板隔开的一个房间，服务器风扇的噪声从里面传来。两位技术研发人员正戴着耳机坐在显示屏前，也不知他们何时才能下班回家了。我启动电脑，用软件接收新邮件时瞄了一眼脸书，看到一条新信息，是前阵子给我点赞的田中发来的。

“很高兴几天前收到你的信息。这个月一起去喝酒吧！”

和田中十九年没见了。来到东京后，我便没见过那帮朋友里的任何人。

令人惊讶的是，田中和水上竟然认识。我之所以知道这一点，是因为脸书上显示我们三人是好友关系。所以当田中说起这一点时，我没有表现得很吃惊。尽管我也想在他面前装出很吃惊的样子，来一句“啊，你和那家伙竟然认识”，但这么做感觉像在演戏，有些不好意思。

田中讲了自己的近况，说他刚刚跳槽到一家战略咨询公司。他原本在一家大型咨询公司工作，借他本人的话说，就是“被前辈撬走的”，如今刚进入这家二十人规模的公司。那时的他一副性懵懂的童男模样，尽管我心里嘀咕，这毛小子装什么能耐，可没敢说出口，毕竟大家都已经是成年人了。我只说了句“噢，这样啊。不过，你很有勇气呀”。

“确实啊，那时我家老二刚刚出生，老婆暗示过反对。”

上高中时，我和田中说话都是用关西话，没想到现在竟然用普通话交谈了。田中原来任职的大型咨询公司大量录用应届毕业生，内部实行“非升即走”的政策。据我所知，从那家公司辞职，难说是有什么体面的原因，很可能是因为在“非升即走”的残酷竞争中被踢出了局。不过，田中曾经对女性迟钝，其他方面却很精明，在新公司肯定干得不错。

“你虽然对女孩儿有点迟钝，但还是蛮抢手的嘛。”

我半开玩笑地赞他。

“好怀念那时候啊。”

田中淡淡地笑了，神情确实像两个孩子的父亲。

“你和水上熟到什么程度？”

我这么一问，田中回答说是通过“撬他走的前辈”认识的。水上一直是那个前辈的法律顾问。田中只是时不时会在办公室里见到水上。不知为何，我隐约感到，在与我无关之处，水上和田中的现实生活存在交叉重合。我为什么有一种心慌的感觉呢？可能因为自己对水上有救命之恩吧，我想。

“对了，你和水上怎么认识的？”

田中反问我。不知何故，我有些犹豫不定。

“就是普通的大学同学。”

“哦，这么说，你们俩是在同一所大学喽。”

“是的。”关于与水上的关系，即便不是面对田中这种曾经很纯情的人，我似乎也难以说清，于是就换了个话题，改谈我的工作。我说了很多，比方说公司现在是盈利状态，股票的锁定时间一结束，我就打算退居二线啦；我觉得站在风险投资创业的立场来看，咨询公司就是“不了解实际情况，却将幼稚的理论强加于人，是让人头疼的宿敌”；负责咨询的人经常以“这个人在公司里有必要存在吗？”那种眼神看我，实在让人讨厌，等等。我半开玩笑似的对这个昔日的性晚熟男子发泄着平日里积攒的愤懑，那个曾经装得很像个大人的田中时不时瞄一下手表。我看了看iPhone6的时间显示，已经二十三点十七分了。可能田中必须在二十四点之前回家吧。

与田中告别后，我就在新桥的街上漫步。站前的SL广场因部分人要赶末班车显得有些慌乱，慌乱中还混杂着一部分人决定喝酒喝到清晨的亢奋。我不属于任何人群，离开人群后不由得朝光线暗淡的方向走去。来到广场正中央的我抬头仰望天空，发现接近满月的月亮上蒙着一层淡淡的雾霭。田中最终也没提及我被埋的那次旅行，也没提美希子。我在想，如果谈到这个话题会怎样呢？我不知道他是不是在顾及我的感受，从始至终都在报告来到东京的伙伴们的近况。从读补习学校时的交往来讲，我俩是高中时期的亲密朋友，从年纪来看，我俩又都是上了一定岁数的男人。今晚，我俩一直在这两种关系上来来回回地交谈，没有谈及其他。我走在新桥街头，心情却沉浸在一种感伤里，那就是我和田中一样，都曾是性懵懂的高中生。

与水上在银座见过之后，我俩就经常见面了。可能因为在同年龄段的人中，我俩的时间都比较自由，互相也很投合。与田中不同，水上一与我见面就会提起美希子。我想起他在大学时也曾刨根问底地打听过美希子的事。

“你好像在家乡有一个念念不忘的女友，对吧？”

听水上这么说，我一下就想到了美希子。

“你记性真好啊！”

“你是为那个姑娘守身如玉，才一直不结婚吧？”

“你傻吗？”实际上只有与女子亲热时，我才会偶尔想起她。

水上放下鸡尾酒杯，一脸严肃地注视着我。我搞不清他是认真的，还是在开我的玩笑。

“从人类整体来看，世上到处都是不幸的人，有些孩子从出生那一刻起就被虐待，注定会早早死去。当今世界，一切问题都以数据处理，初恋对象死去之类的不幸真是太少见了，有些跟不上时代了啊。”

“又来了。神附体的视角。”

这种感觉好熟悉。以前和水上聊天时，他就频频冒出“人类”“世界”之类的夸张词语。我调侃他“神附体”，却同时被他这个毛病感染着，真是烦人！

“哎，我太无情无义了。”

听我这么说，水上轻轻摇了摇头。

“你完全说错了。田边，这跟感情没有一点关系。我是说现代人不用宏观的观点看问题是不诚实的。从宏观的视角来看，过去发生过很多在地震中受伤的事，今后也会发生。四年前就才发生过啊。在这个行星发生的种种悲剧中，那场悲剧的惨烈程度应当位于何种等级呢？对于活在现代，拥有正常智商的人来说，脑子里瞬间就会浮现一个整体的宏观印象。”

“跑题了！”

我故意打岔，水上皱起眉头，满脸的意外。他端起酒杯喝了口酒，润了润喉咙继续说道：

“没跑题啊。我只是在用最直截了当的方式说而已。其实可以说得更具体一点，但说明过于详细时，思考的新鲜程度就打了折扣。”

水上说到这里，自言自语地说了句“就算跑题了，我也不想被你提醒”。

“你究竟想说什么？”

“我的思维逻辑与表达方式基本上是参考田边你的啊。可我说着说着就忘了。”

“参考我？你说什么呢？”

水上有点戏剧性地耸着肩笑了起来，同时垂下视线，把酒杯搁在了桌子上。他明明是看了桌面后才把酒杯放下的，可酒杯还是没放到杯垫上。很明显，他醉了。我和水上都目不斜视地盯着对方，大口喝着酒。我俩都忍着不出声。水上的左眼睑开始抽筋似的痉挛，这也让我感到亲切。我们再次相见后，这种痉挛一直未出现，我以为他已经恢复正常了，当时还有些落寞。以前他在生气或专心思考问题时，这种痉挛经常出现。大学时我就很爱看水上脸上出现这种他本人无法控制的抽搐。

“因为你自己都没意识到自己是神。明明谁都应该模仿你，可你却不太清楚这一点。”

水上声音平静，却让人感觉充满了热忱。那会儿，我俩都已经醉得很厉害了，接下来似乎又说了些什么，可我第二天醒来时几乎都记不起来了。

我回忆起与水上的谈话内容片段是在第三天，也就是周五的晚上。水上说的话突然浮现在我的脑海里时，我正与一名女子在一起。我正在新宿见一名叫葵的女子。我们的晚餐吃得很简单，因为点了酒，所以花了一万五千日元。出了那家店后，我们从击球训练场的一侧穿出来，去了情人酒店。我本以为选了家没去过的酒店，可在浏览图示板上的房间照片时，意外地发现以前可能来过。

我一进房间，就感觉这是以前和葵来过的房间，整个人似乎被一种似曾相识的感觉和例行公事般的乏味感击中。不过，一旦把手放在葵那与她清秀细长的眼睛极其相称的小蛮腰上，我就可以像往常一样兴奋起来，对房间也就完全不在意了。最后，我舒爽了一番，完成了释放。

第一次兴奋起来的我总是慌乱而粗暴，这点不太好。虽然有些抱歉，但也无奈，癖好就是这样啊。尤其是不以繁殖为目的的交欢，人不兴奋就没有意义。就我个人而言，不来点猛的，人就兴奋不起来。

之后，我们又抱在了一起。不以繁殖为目的的交欢。就在这时，我忽然想起前天水上说的话。

“不以繁殖为目的的交欢，不提高生存可能性的社会制度，阻止共鸣的语言。”

阻止共鸣的语言？水上为什么会说这番话呢？我心想。和我抱在一起的葵睡着了，呼吸很安静。她刚刚换了部门，对工作很上心。刚刚认识时，她总说“一切都早点结束就好了”之类的话。她所说的一切，好像是指复杂或枯燥的状况，也可能是说人生本身，可现在她过着和她原来的口头禅完全相反的生活。不过，我也只了解与自己相识后的葵，只是知道她这两年的情况而已。

“阻止共鸣的语言？”当我反问水上时，他立刻接着我的话说了起来。那之前，水上一旦说出有头无尾的话，就会确认一下我对此的反应，以一副试探的表情盯着我。

“是的。假设所有的价值观迟早都会被接受，那么所有人在不问不说的状态下能相互理解。但在这种情况下，人还是想发声的话，那就意味着在他持续制造阻止共鸣的语言。如果不这样做，人就会被沉默立刻吞噬掉啊。”

当时我已经烂醉，而且这对话听起来有些复杂，我为何能如此清晰地回忆起来？葵翻了翻身，在稍微远离我的地方蜷缩着身子。

“我听不明白。所谓语言，原本不就是为了沟通才产生的吗？”我记得我是这么反问他的。

“原本是那样的。不过，到了那种时候，‘原本’已经没什么意义了。用‘原本’描述的世界已经结束了。自然产生的‘生命’几乎都已经完成了。还剩下一英里的距离。”

“具体而言，剩下的一英里是指什么？”

“重新开始的技术呀。人类如果再次创造新科技，就没问题了。只要这个行星不完全消失，人类仅靠现存的部分也会存续下去。不，即便这个行星迟早无法居住，人类要搬去别处，那自制力也比探究心更为重要。强化人工智能，最好将有限的资源分配到人工智能方面，那样人类生存的可能性才能大幅提高。所以，只需要提前播种新技术的种子，我们最好也都进入睡眠状态。托付给拥有肉体的我们的时间已经不多了，今后什么都不需要，也不需要孩子，不需要梦和理想，不需要恋爱，不需要战争，也不需要为人之道。”

短发的葵抬起头看着我，接着面无表情地从床上爬起来，向淋浴间走去。我也下床，跟在葵的身后进了淋浴间。

为了维持兴奋状态，我会想起那些有可能发生性关系，却未产生实际交集的女性，比如有点好感的大学同学，或是曾认定是自己初次性体验对象的美希子。我不清楚这种现象是否普遍，可每逢此时，比起曾发生过关系的女性，我更容易想起那些有可能发生、却并未有过真正性接触的女性。至于完全没可能发生关系的女性，我几乎没有想起过。

和葵的第二次交欢，我很少是待在床上的。两人都感觉到高潮即将来临。就在第二次释放之前，我久违地想起了美希子。假如没有发生地震，我和美希子就那样顺利地迎来了初次性体验，发生了不以繁殖为目的的性关系，后来会怎样呢？也终将会厌倦彼此，或者能够找到足以抵抗厌倦的方法吧。

*

一有机会，**田边**就会想起美希子，这点他自己都没有发觉。即便在漫不经心时，**田边**在内心某处也想念着美希子。美希子是**田边**在高中时代抱有好感的对象。为应付高考，田边在补习学校遇到了她。

“我好怕！”

单独和**田边**在一起时，美希子这么说。准确来讲，美希子说的是“有点怕高考”，可**田边**经常想起的却是说完“我好怕”就皱起双眉的美希子。美希子眼珠往上瞟，**田边**在一旁盯着她白皙光滑的脸庞。被时间冲刷过的回忆往往只留下当时状况的本质，其他东西都会变得模糊。**田边**记得最清楚的是，那时美希子和他有身体接触。那一幕发生在走出补习学校自习室，与洗手间相反方向的取水处，当时那里几乎没有什么人。

“大家都怕，所以没事的。”

田边很绅士地说，同时忍耐着被女孩子的手触碰腰部的兴奋。

“就算考不上，也不是什么无法挽回的事，复读一年也很常见啊。”

美希子摇了摇头说：

“嗯……也不是吧。我怕的不是考试本身，而是高考所表现出的种种状况。我们今后要无数次被拿来与他人比较，必须被挑选和淘汰呢。你不觉得这一点很讨厌吗？就算高考结束了，接下来还有就业、结婚、生孩子，还有其他很多……好讨厌啊！想想就烦。”

然后，美希子将手搭在了**田边**那卷起衬衫袖子的胳膊肘上。比起美希子说的这些话，**田边**当时满脑子都在想自己汗津津的胳膊不会令美希子嫌弃吧。接着，**田边**做出了十七岁少男常见的举动，将手放在美希子海军服衣领的两端，抓住了美希子的肩头。因为他过于兴奋，已经不记得接下来有过什么举动了。不过两人后来抱在了一起。

田边记得，那时美希子的身体好像比自己后来接触过的女性身体的任何一部分都要柔软。临近中年的**田边**在进行“不以繁殖为目的的交欢”时，有时会因为自己的动作而陷入与曾经奋力达成此事的自己融为一体的错觉中，继而忘记正与自己相拥的女性，脑海里迅速闪过曾与自己有过性关系的女性的面孔与肉体。在那种感觉消失之后，他有时会强烈地意识到这点。

可是，那些女性中没有美希子。

*

那天也一样，我和葵一边进行不以繁殖为目的的交欢，一边在节奏有些缓慢的和谐互动中朝对方喊“我们完蛋了”。我说“马上完蛋了”，葵也重复着“完蛋了，完蛋了”。完蛋了，完蛋了。

大清早，我们走出新宿的情人旅馆，葵决定坐电车回去，我将她送到车站后便乘出租车去了公司。我在中途本想顺道回家换换衣服，由于太麻烦，便作罢了。我有些在意衬衫的褶皱，但今天不用见客户，只有两个与订购商的碰头会而已，所以没必要如此在意。我比往常早一个小时到了公司，平时都在的两位研发人员中有一位没来，另一位好似熬了通宵，靠着椅背睡着了，椅背被压得不能再低了。

上午很困，我只检查了一下邮件，一直沉浸在交欢的余味中。任何事都好，一旦习惯了就会立刻厌倦，所以亲热时，我都尽量设计一些变化，结果就变成使用“完蛋了”这种带有一点指责意味的说法。我不知道在指责什么，但确实感觉有指责的意思。我品尝着葵那看上去瘦削、紧实的身体中包含的柔软温热的部位。最后时刻，她虽然接受着我，但身体因服药而失去了本该有的连锁反应。怎样的连锁反应？就是为了更兴奋，我们说出的“爱你”“好爽”“完蛋了”。

这是不以繁殖为目的的交欢。我突然想起自己身处公司，便赶紧驱散了漫无边际的胡思乱想。最近，我感觉自己的心绪被水上的话搅乱了。

“不，我想告诉你的不是那一点，而是‘阻止共鸣的语言’。这是我写的一本小说，可不是为了商业出版。”

我对水上抱怨，自从与他重逢以来，自己就老想些无聊的事。可水上听了似乎很意外。我们和上次一样，约在了银座的一家店里。他好像还有股东优待券。虽说是他请客，但我们不像二十多岁时那样只用碳水化合物和油炸食品填饱肚子了。至于下酒菜嘛，我们吃的是分盘装的酱菜与凉拌虾，还喝了点酒。

“行吧。随便吧。你还记得我上次说话的要点吗？”

“记得一些片段。”

就我而言，比起水上说的那些仿佛神附体且不接地气的荒唐话，我对他的生活环境更感兴趣。我问起这个，水上相当自然地讲了我俩如自然消亡般不再见面之后的经历。他用学生时代打工存的钱交学费，进了司法考试补习学校，与大学时代一直交往的恋人分了手，在司法考试的复习期间还一直醉心于联谊会。后来呢，借用水上的话说，就是进了一家“净是不谙世事的蠢货”的事务所，和一位同事结了婚。据水上本人说，那是一个酷似菅野美穗的美人。水上在有了两三个大客户之后就独立了出来，女儿出生后，他们夫妻不到一年就离了婚。

迄今为止，我跟很多人交谈过，不论成功者还是落魄者，在谈及自己的经历时，有人夸张渲染，有人不以为意，水上则属于后者。平时若毫不掩饰对他人的好奇心，很可能会被讨厌，但对方是水上，所以我没必要客气。我还问了他好多，比如为了成为律师吃过什么样的苦？水上对自己的能力有着非同一般的自信，他应该是轻轻松松就通过了司法考试吧。我还问他，为复习司法考试的过程中去打工赚生活费，自己最累的时候，会对那些靠父母资助悠闲度日，专心复习的家伙有怎样的感觉呢？对吧，还是会恼火的吧。我一边问水上，一边想如果二十二岁的水上就那样死于服药过量，我就无法问出他这十五年的信息了。而且，在杉并区和新宿区读小学的两个少女也就不会来到这个世界了。这样一想，我不由得感慨万千。

“别一个劲儿地问我，你难道还是老样子？”

我感觉我还是老样子，但在水上看来，我可能有些奇怪。学生时代，我从来不刨根问底地打听朋友的隐私。因为我觉得在均等化的日本社会，二十岁上下，在同一所大学读书的年轻人，其经历和自己相差无几。即便如此，从那时起我就不表露对他人的好奇，总是静静地观察对方的言行。不过解释这些也麻烦，所以我对水上笑了笑，笑容里带着对他的赞许。

*

田边经常搞不清楚自己与他人之间的界限，有时会将观察到的别人的境遇当成发生在自己身上的事。他并非想与他人共鸣，只是不由得浮想联翩，思考自己即是对方的可能性。**田边**认为自己之所以能成为自己纯属偶然而已。

田边自己用“小窗口”这一概念来形容这种精神状态。“小窗口”一词是**田边**在遭遇阪神大地震时想到的。**田边**读高中时，在发生地震的神户有过被埋的经历。当时他很惨，左腿受伤，在瓦砾中被埋了两天。在这种状态下，**田边**一直在想“疼痛只是作为一种可能性存在于附近而已”，借此来分散自己的注意力。他觉得自己似乎从超越时空之处被人推荐了一种存在方式，即“左腿剧痛与被埋”。所谓个人，是作为窥视那种存在方式的“小窗口”而发挥作用的。**田边**本人身处小窗口的最深处，对于当时不得不放弃主动求生机会的**田边**来说，窗内的“**田边**”仿佛一个正在失去生命的、纤弱的个体。窗外的**田边**从窗内的“**田边**”脱离，也可以打开别人的小窗口。

田边混沌的意识在那些小窗口外徘徊，不停盯着窗内看。**田边**有时看到东京的某个年轻人，这个年轻人感觉自己与生俱来的能力不足，所以玩世不恭。在建材超市买来很多种小刀藏在壁橱里，等待使用的机会，虽然几把小刀无法改变世界，但总可以让看上去比自己高等的两三个人生命终止。**田边**有时会看到纽约商业地带旧公寓里整日看电视的老人，老人发觉自己有患糖尿病的迹象，但由于没有医疗保险，无法去医院治疗。老人切身体会到自己智商一般，在竞争激烈的社会中属于失败的落魄者，也明白对于人类而言自己仅仅是拖累，却希望尽可能地成为更大的负担。**田边**有时还可以看到尼日利亚某个腰带上挂着危险物的小女孩。她被极端组织抓住后，被迫在两种危险行为中二选一，她最终选择了忍受片刻痛苦就能解脱的方式。将危险物缠在幼女身上的成年男子，希望通过利用女孩炫耀自己的存在，哪怕只是瞬间也好。他感到牵着即将因殉教前往天国的女孩的手，将她送到实施事件的预定地点，是一种自豪的使命。女孩同时感受着男人手掌的粗糙以及没有现实味道的死亡预感，脑子里一片混乱。

这些肯定都是人濒死时大脑出现的幻觉。既然被幻觉折磨到如此地步，**田边**不可能将唯物论论调中的世界当成绝对的存在。濒临死亡的**田边**甚至在幻觉中看到超越时间轴的未来世界。他能看到很久很久之后，忘却死亡的人类活得极其单调枯燥，未来将充满科幻的味道，与人类一模一样的人工生命体来回行走于富有弹性的大地，整片大地融为一体，人类变成一个整体；看到变成一团肉块的人类所梦想的一切；看到一种大规模的炼金术，它能够加速太阳的核聚变，将整个太阳系变成黄金；看到即便自己从瓦砾中爬出来，也无法到达的未来世界。**田边**可能羡慕生活在那里的人们。可遗憾的是，不知是在被埋时昏迷的那几个小时里，还是被救出后在医院里昏睡的那段时间里，看到过无数小窗口和未来世界的**田边**，其记忆破碎、消散了。

田边回顾被埋的经历时，也会说“迄今为止我一直认为理所当然的人生，现在感觉是一派胡言”。在被埋之时，**田边**从实体的“**田边**”游离出来，的确看到了那没有开头、中间、结尾可言的线团状物块的破绽部分。可是，被救出后的**田边**不得不再次过上被小窗口之内的“田边”同化的人生。

*

我想泡杯速溶咖啡，于是用电热壶烧水。有阵子我只喝雀巢奈斯派索胶囊咖啡，可现在喝光了。将来重新喝昂贵的胶囊咖啡时，我应该会感觉“哎呀，真好喝”吧。味觉这个东西，关键在于差异。习惯了雀巢奈斯派索胶囊咖啡的舌头一喝速溶咖啡，也会觉得“噢，这个也不错”。住处也一样，一旦习惯了五分钟步行到达公司的生活，就会感觉有点遗憾，会认为乘坐电车时看手机或文库本小说，也是一种很好的心情调节。

我将速溶咖啡放到餐桌上，又重读了水上发布到脸书上的所谓的小说。他说文章是为我而写，可没什么具体内容。一篇小说的主人公也叫“田边”，明显是以我为模本写的。另一篇写的是在一个可以看到巨塔的地方，有两个男人没完没了地进行着转弯抹角的对话。每一篇都有一个点赞。点赞来自居住在美国西海岸的一个名叫埃里克·博登的用户。

我昨晚又与水上在新宿小聚，我们都喝得烂醉，无话可说时就默不作声地小口小口喝冰镇威士忌。这时，水上很突兀地说了句“的确如此啊，田边。我们都是巨大体系中的一部分，同时也是无可奈何的个体”。我不清楚这句话到底是接着哪部分说的。酒精明显起作用了，水上的眼睛半睁半闭，不过脸色没大变化。他从学生时代就是如此。

“什么呀？你指哪一点？”

“就是你现在想的东西呀。我只是记录了你的思考而已。”

找不到笑点的笑话，他本人却一副很享受的样子。算了，就随他吧。

结果，水上强调似的继续说道：

“喂，主人啊，我还知道你现在在想什么。”

“你知道我现在在想什么？”

“比如，关于极端艺术什么的。”

“极端艺术？”

“是啊。那是你现在在想的东西呀。我知道的。因为我一直追随着你这尊神的足迹呀。你正在想的就是极端，或是艺术啊。”

“我完全没有想这些啦。”

“你在想，只是没有察觉罢了。好了，好了，我也不指望你懂我，更不指望你能与我产生共鸣。听好了，主人呐，你现在正在思考艺术的定义。你觉得艺术就是‘抗拒所有试图给本应欠缺意义的东西附加意义的一切说法’，对吧？你读过菲利浦·福雷（**注：法国学者，**

一九六二年生，日本现当代文学专家）的书吧？算了，算了，不读也没什么。书这种东西，对不需要读书的人来说是没必要存在的。只是，我写的小说你可要读啊。这是为你精心撰写的，我会写得非常细致，不放过任何细节，话可能说得有些早了啊。下次我提前放到脸书上。不，你现在正在思考关于极端艺术的事情啊。艺术在扭曲、支配着这个世界的法则，对吧？发掘这个世界自然存在规律的不是艺术。洞察自然科学的真实、数学定理以及我们这些有机体所持有的感情，尽管这都是和艺术相关的行为，但并非艺术本身。只有产生了远离'原本'这种存在方式的明确想法，那些行为才能成为艺术。对自然、真实、神等的反抗，才是艺术。"

我摇了摇手，想插几句否定的话，可水上的声音盖住了我的。我从未思考过水上越说越起劲的那些事物。

"不，这是你在思考的事啊。好了，你再想想吧。继续吧。听着？以前虽然有过战争也是艺术的时代，但不可能再出现了。最后，七十年前，在这个国家从天而降的两束特大烟花，当然也不再是艺术。未来的艺术将横跨生死边界，且必须在无视法则的状态下运行，应是对几乎变得毫无意义的生的否定。关键是极端事件，那太轻而易举了。多么轻易地就能拉他人下水啊！现在看来，那只是人类在发泄而已。看起来是较弱一方对主流派发出的最后一击，可那并非极端的本质。即便所有组织都被解散，或全部组织被统合起来，极端事件依然会发生。不，正因为如此，才会发生真正的极端事件。我们试图从中发现固定模式。因为真正的极致也是支配世界的法则之一，是所有事物共通的一个代码。再过半个世纪，世界就会发展成那样。可是，听我说，重要的是，如果事情已经发生了，那就不是艺术了，而是没完没了的恐怖的预感。那才是艺术的本质——在下手实施的那瞬间，那不就再是艺术了。”

葵现在二十九岁，有时说想在三十五岁之前生孩子。她一直在服用避孕药，所以看似并非想和我生孩子。三十五岁之前生孩子的话，三十二岁之前就得结婚，如果再算上两年的恋爱时间，那在三十岁之前就得遇到结婚对象才行。不过，可能也没必要为了生孩子而结婚吧。葵说着这些时若无其事，我凡事都喜欢从后往前算，我觉得自己很无趣。如果凡事都这样想，那死之前所有可能发生的事情似乎都可以从后往前推算了。

“什么？你小看我？”

“小看？”

“就是贬低的意思。”

我没有小看葵的意思。我小看谁，也不会小看葵的。

“可是，你有小看的意思吧？”

葵在洗手间的大镜子前一边补妆，一边说。今天为了和葵约会，我早早结束了工作，刚过十三点便进了日本桥的酒店。葵说明天一早在博多开会，得坐今晚二十点的飞机提前过去。就像平时一样，我俩亲热得很颓废，没什么独创性。葵似乎还算满足。

“不，你说的话有点怪！”

“不怪呀。只是有一点点违反规则吧？”

说完，葵就离开了酒店。

她乘坐日本桥站出发的京滨急行快车去了羽田机场。一到机场，葵会进到机场内的星巴克，点一杯密斯朵咖啡，打算歇口气。接着她从在土屋皮包店买的阿迪达斯背包里掏出笔记本电脑，开始检查邮件。登机前没有必须回复的邮件。葵刚刚成为百货商场的采购商，必须销售完自己采购的物品，去博多出差就是为了这个。她总算实现了刚进公司时设置的工作目标,但目标一经实现,又发现那也仅仅是业务而已。所有工作成果都以数字呈现，不以数字呈现的成果，可能多少也会得到一些表扬，可那些业绩在考核时根本不被考虑在内。百货商场行业本来就是夕阳产业。如果业绩一直不景气的话，之前风传的被中国企业收购的消息可能就会成为现实。虽说如此，她只是一名普通职员，也只能做自己该做的事。喝完密斯朵咖啡，她就从包里掏出iPhone6s打电话。

我已经回到公司，接通电话后，一边说“嗯嗯，稍等一下”，一边来到了小会议室，反手锁上了门。我接着问:“现在在机场吗？”

“是。”

“那不会是在星巴克吧？”

“嗯。”

“在喝大杯的密斯朵咖啡？”

我这么说完，过了片刻后，葵答道:“遗憾，没说对。我点了星巴克的小杯拿铁。”语气温和得如同新任教师指出成绩不好的学生的错误答案。

“那是默契程度的问题啊。”水上说道。

“默契程度？”

“是的。到了我这种程度，你现在在做什么、想什么，我几乎可以完全追踪上，可普通人就不行了。比如，你现在在想着美希子。当然，也不是百分之百地在想她。是啊，令人怀念的美希子，你的大脑应该有百分之十左右想着她吧。”

令人怀念的美希子？

“美希子也好，极端艺术也好，我都没在想啦。”

“是吗？你明明应该在想啊，只是没在想的可能性有多大？”

“莫名其妙。你到底在说什么？”

“我就是在说这些啊。明明该想着的事情，你却没在想，有时会有这种情况吧。于是，我就代替你去想这些事情啦。也就是帮你分担一些工作啦。田边应该思考的东西太多太多啦，一个人应付不来。尽管如此，你的思考内容也经常有百分之十是分配给美希子的。美希子占用了神的宝贵思考资源。你的注意力从应该思考的事物上转移开了。尽管你是神，最常思考的却是美希子。美希子美希子美希子……”

水上那时的语气让我莫名觉得刺耳。我待着发愣时，耳边响起水上不停叫“美希子”的声音。我盯着呆板的天花板，葵躺在一旁背对着我，我把手放在她的肩上，让她转过来——此刻的对象不是葵，而是一名叫桃香的三十二岁主妇。桃香七月出生，父母为取名叫“文香”（**注：日本阴历七月又称“文月”**）还是“桃香”烦心了一阵子后，选择“桃香”。桃香是群马县人，从读大学开始，借用她自己的话说就是“一直在吊儿郎当地在东京混”。

葵去博多出差后就再没同我见面了。发给她 LINE 的信息都是已读状态，却没回复，给她打电话，不接也不回。我本以为与葵共同拥有着类似淡淡的颓废感之类的东西，现在才知道原来她的状态已经因为某种契机改变了。即便是装出来的颓废感，那毕竟也是一种微弱的关联啊。她若变得积极向上，东京确实具备理解接受这一点的机能。她若累了，或许又会转为颓废模式，也可能不会。那样的话，或许也会来找我，也可能不会。

我不是因为见不到葵才和桃香幽会的。从两年前开始，我与桃香就是定期幽会的关系了。桃香偷情已经成了习惯，以至于我忍不住想问她，我们之间的交欢是不是她的定量任务。据说桃香的丈夫长期在海外出差。她说上周和两个男人偷情了。桃香对偷情没有特别的罪恶感。她说自己有三个孩子，中间那个不是丈夫的，可她说“绝对不会露馅儿”，对此看起来很有自信，还说“不管怎样，多个孩子总是好的，对吧”。我竟然不由得表示了赞同，说了句“是啊”。我感觉桃香嘴上说的“绝对不会露馅儿”，其实可能是“即便露馅儿了，也可以搞定”的意思。她究竟是觉得自己可以说服丈夫呢，还是认为不行就不行，自己可以找下一个男人呢？我搞不清楚。总之，我从桃香身上得到了某种可靠的感觉，只要世上有桃香这样的女人，人类肯定不会灭绝。桃香的床上功夫很厉害，化妆技术也出类拔萃。她讨厌手机屏幕都裂了，还继续使用的男人。

我一边享受桃香分配给我的时间，一边下意识地想美希子。我被水上的话带偏了。如果美希子也长大成人了，是不是会厌倦丈夫，去和别的男人偷情呢？她会是什么样的成年人呢？我一点也想象不出成年美希子会是什么样子。

*

十七岁的**田边**疯狂地想要触摸美希子。三十八岁的田边暂时忘却如猿猴般满脑子性冲动的青少年时代，在想象中以成人接触少女的态度与美希子对话。他用大概百分之十八的思考资源，在大脑里再现着十七岁的美希子说“好怕高考”时的模样。

“不过美希子会习惯的。无论是在考试中被排名，还是自己估计自己的排位，你会很快习惯的。世上的人都明白人与人之间没那么大的差别，即便如此，还是得摆出这样或那样的架势。像你这么聪明的姑娘，很快就能轻松地应对高考的。”

“不是。我原本就不清楚高考的目的，所以才紧张的。”

二十一年前，美希子说这话时，怯生生地闪开**田边**伸出的双手，低下了头。美希子的声音有些沙哑，还带着些歇斯底里，这让**田边**浑身都有些僵硬。

“目的？”

“是啊。我问你，考上大学后做什么？”

“听感兴趣的课，还有就是玩吧。”

“听课？看书不也可以吗？如果为了玩，现在也可以玩啊。”

“想在大学生这层身份保障下玩呀。那样玩起来会更放松啊。”

“可玩什么呢？”

美希子嘴里说出的“玩”，使**田边**联想到捉迷藏和过家家这类小孩子玩的游戏。不过，对于**田边**来说，“玩”究竟是什么呢？难道是与葵及桃香这种女性建立“不以繁殖为目的的交欢”的关系，之后再各走各的吗？总之，那时**田边**回答“嗯，各种各样的”。

“大家都能考上不也挺好嘛。我不明白为什么一定要筛选呢？是谁在筛选？根据什么筛选呢？怎么可以做得这么残忍？而且，试卷考试的结果如何，几乎是由天生的智力和后天的环境决定的吧。难道社会对此毫无察觉吗？我不幸被挑选，也不幸被刷掉。这种不良风气肆意横行的世道真可怕。饿死的孩子那么多，社会却不去考虑，而人人只想着自己家人的事，真是可怕。”

三十八岁的**田边**也觉得被挑选的确是件讨厌的事。可有一点需要说明，即自己现在是到了一定年纪，站在挑选者的立场上尝试说服美希子的。**田边**发现，现在公司在面试新职员时，这些人都能面不改色地撒谎。典型的事例就是当被问到职业经历为何出现中断时，他们经常回答“看护祖母或祖父了”。最初听到这种回答时，**田边**会佩服地说“这样啊，这么年轻就这么有责任心”，可当持同样答案的人反复出现时，他就明白了，原来这是解释职业空窗期的回答套路。可以说，在审视一个人作为公司职员的工作能力时，是否诚实并不重要，凡事都能“摆出冠冕堂皇的理由”，具备这种素质的人才能被优先录用。伤害不到任何人的小小谎言，同时也是推动社会正常运转的润滑油。

“真是那样吗？工作效率和生产力因为这些小小的谎言而提高，受益的只是属于那个组织的人，对吧？而外部的人就更容易被压迫了，不是吗？在那种谎言的背后，真的存在因看护老人无法工作，而苦于贫困的人呀。真正困难的人和为了私利撒谎的人将无法被区分出来。一切都是相互联系的，金钱和权力将流向强者，直到弱者被抢夺一切。”十七岁的美希子在三十八岁的**田边**的脑海里如此反驳。

“的确，榨取者一方的伦理应该经常被质疑才对。我认为，为了不让社会变得弱肉强食，就要确立正确的伦理观，这样一来，人类社会才能逐渐变得好起来啊。任何事情太激进都是不行的。”

十七岁的美希子猛烈地摇头，好像要把粘在前额头发上的脏东西甩掉似的。

“好烦人啊！我感觉世上的不好全部是因为自己。我觉得自己活着的这十七年积累下来的懒惰和傲慢正在伤害着周围的某些人。可我又不能从根本上改变自己。即便我尽量不做让人讨厌的事情，可还是把本来必须要完成的可恶工作强加给了他人。”

将他人的不幸归结成自己的责任，这是精神病患者的初期症状。全世界的不幸当然不是因为美希子，毋宁说当时的美希子还是给**田边**带来了很多幸福的。实际上，美希子只是在内心积压了很多因高考复习而产生的焦虑而已。

不管怎样，由于网络技术的发展，我们现在可以直接听到一直被忽视的人们的声音，有时也会因此掀起倡议运动。比如，依靠捐助得以成功的昂贵器官移植手术使原本无助的生命得救了；或者在爆炸中幸存的孩子，其痛苦哭泣的视频被转发，从而牵制了下一次爆炸。可是，当初被关注的事件都太司空见惯了，它们早晚会无声无息地消融进这个世界中。毕竟这只是七十亿分之一的微弱声音，那种不幸不是因为自己，而是因为世界本身。

*

看了水上在脸书上的推文，我不由得给他发了条信息：“你想搞什么啊？”水上在头像上叠加了法国三色旗。这是脸书的一项新功能，专门用以对在巴黎极端事件中的遇难者表示哀悼，水上即刻就将它派上了用场。

“这是默契程度的证明呀。”我很快收到了水上的回复。

“默契程度？”

“我只是将你昨天的梦写成了小说而已。你不记得了？”

“我没做梦啊。这十来年从未做过梦。”

“你只是忘了。”

“不说这个，你别动不动就拿我说事儿啊。”

“不挺好的嘛。田边这姓到处都有。而且，这篇文章只有你在看。”

“不是有人点赞吗？一个美国的朋友。”

“他不是我的朋友，是陌生人。”

我查了一下，给水上的所谓小说点赞的是埃里克·博登，他同时也在给全世界无数的小说推文点赞。他可能是一名“点赞狂魔”。我甚至怀疑他根本不懂日语。水上不小心把他添加成了朋友，结果两人就成了脸书上的好友关系。我也半开玩笑般地试着向埃里克·博登发了交友申请，结果一下就通过了。

我和水上在脸书上聊了一会儿，后来很自然地就约了傍晚再去喝酒，地点是新宿东口的HUB酒吧。我晚到了几分钟，当时水上还没到。我发信息给他“已经到了”，水上回复“我也到了”。

我问他：“你在哪里？”

“歌舞伎町的HUB酒吧。”

“不是说在东口吗？”

“东口不就是指歌舞伎町吗？”

我打电话过去跟他确认，才知道从这里走去水上所在的HUB酒吧只需要几分钟。

“咱们的默契程度下降了啊。”

我一到那里，水上就这么说。窄小的桌子上摆着三杯鸡尾酒。

“你说的默契程度是指什么？”

“你不知道？新世纪福音战士啊。不许逃避不许逃避不许逃避。”

“不知道。”

“不会吧？你什么都不知道。你不是在逃避吧？”

“难道是那种让人讨厌的故事？出现了你这样的人，硬说自己追踪着别人的大脑啥的……”

“完全不同。”

果真完全不同？我一边琢磨，一边趁鸡尾酒类半价时段还没结束又点了三杯放到桌子上。喝完第二杯时，水上就开始乐不可支地朝我挤眉弄眼了。

“我今天把美希子叫来了。”

“美希子？”我反问他，他一边答应“来了来了”，一边朝门口的方向挥手。

长长的直发，苗条的身形，远远看去，确实像从我记忆中走出来的美希子本人。可走近后就完全不同了。水上指着走到我们桌旁的美希子介绍“这是美希子”，可这个美希子一边在眼前摆手，一边否认“不明白你说什么，我不是美希子”——

她何止不是我认识的美希子，甚至连名字都不同。我问她：“那么你的名字是？”

水上立刻打断我说：“直接问名字很不礼貌吧。”

“那就请你们给我取个名字吧。”

“对，也不错呢，如果把这当成游戏的话。”

“他所说的游戏是指什么呢？”

“对吧？”她一边征求我的同意，一边微微歪头瞪着水上。那神态包含着微妙的暧昧，让人觉得这女人不好对付。这个美希子据说在外资的芯片制造商工作，三十一岁，单身。用艺人来形容的话，她比较像水川麻美，从蓝色针织衫下露出的锁骨很漂亮。她笑的时候，经常将右手的食指放到嘴唇上。有一会儿，水上与她在热烈地谈论一个共同认识的熟人，不过好像他们也不清楚那人的具体情况，所以旁人听了会觉得他俩可能是酒友，也可能是在联谊会上认识的，总之就是那种程度的关系吧。我们互相交换了一些无足轻重的信息，比如工作，未婚等，后来又谈到了美希子。

“美希子到底是谁呢？”

被她这么一问，我吞吞吐吐，不知如何回答。这时水上插嘴说：

“她是田边青春记忆中的女孩子，他一直忘不掉她。所以我在寻找与美希子相似的人，好介绍给他。”

“水上先生还是这么莫名其妙啊。”

“确实啊。你帮我说说他两句吧！他这个神使唤人很粗鲁的，很麻烦啊。”

“神？”

“是啊。田边是我的救世主呢。没有他，我就不在这个世界了。”

“你能不能稍微正经点啊？”

出了店门，我们就帮那女子叫了辆出租车送她回去，然后两人继续在歌舞伎町找下一家店。到最后，我也不知道那女子叫什么。我指出她和美希子一点都不像时，水上说：

“咱们的默契程度在降低啊。”

“你怎么老这么说？”

“没办法，我再给你找其他的美希子吧。”

“我觉得你的动机很可怕。”

“你最好尽快与美希子见面。”

“美希子已经死了。”

“原装的美希子是死了。可世界上大约有三十五亿个女人，其中没有‘美希子’的可能性是很低的，不是吗？你有三十五亿次机会。你能证明自己一次也成功不了吗？至少我无法证明。从逻辑上考虑，我感觉那也是错的。”

“不，美希子只有一个吧？”

“是吗？你想否定三十五亿人？”

“不，并不是否定。”

“难道没有女性拥有完全相同的遗传基因吗？”

“不是这个问题呀。”

“那么，是经历模式吗？如果遗传基因与经历模式的组合相同的话，不就好了？”

“可人不是模式不模式的问题啊。”

“不是模式又是什么？和自己的关联性吗？自己仅此一人，没有替身，也无法被取代。确实，因为谁都觉得自己是特别的。作为特别的认识主体的自己，和其他人之间发生相互作用，在这种相互作用中应该可以产生美希子。”

一周后，水上又安排了下一位美希子。这位美希子是一名中国国籍的女子。她没有遵守水上单方面制定的规则，报上了自己的名字“璐”。我搞不懂中国人取名字的规则，所以也不清楚这算不算是昵称。水上依旧喊这名女子美希子，我却叫她“璐”。璐是四川人，家乡在称作“蜀”的地方，我回了一句“是三国志里的蜀吧”，她呵呵笑着说：“真高兴听到日本男人这么说。”我们谈得很愉快，但璐当然不是美希子。

再下一周，水上又安排了另一位美希子，也不知道他究竟还打算安排多少位美希子。可是，无论水上多么努力，我也不可能再见到美希子了。

*

有个地方疼。嗞嗞啦啦地，一跳一跳地疼。那种模模糊糊的疼痛在无法形容的遥远地方。**我**感觉那疼痛似乎预示着什么，或像是记忆中的东西。**我**甚至不知道是哪里疼。可能因为**我**身处离自己实际存在的世界很远的地方吧。

我是不占据空间的存在，是一个既没有质量，也没有体积的点。

我是一个坐标。

在**我**眼前，有一名男子在椅子上坐着，他穿着黑色的西服，衬衫和领带皮鞋都是黑色的。

我在一处空无一物的场所和这名男子面对面，也坐在椅子上，眼下可以看到一座巨大的塔。**我**和那名男子都是在那座塔下出生长大的，那座塔比东京天空树和东京塔都大很多。

塔的底部是**我**和男子出生成长的大地。塔身太粗了，从近处看，怎么看都像堵墙。塔从底部拔地而起，穿过大气层，直插云霄，却无法到达**我**和男子所在的位置。本应在塔下循环流动的血、泪和呕吐物试图涌到**我**们这里。塔下的生物都想将手伸向别的世界，一边任由那些东西流淌，一边存活。那些物种必须被打回底层，而**我**们作为坐标，必须更纯粹地存在着。

“眼泪早就应该控制住了吧？”男子说。

“已经好久不流了。”**我**和这名男子聊了很久，一直进行着结论显而易见的对话。

“不知道原因吧？”男子一边说，一边把弄着一个魔方似的玩具，不知是从哪儿拿出来的——那是一个染着各种颜色的球形玩具。没有棱角，所以**我**知道那不是魔方，可又不知道究竟是什么。

“虽然不知道原因，但知道解决办法。”**我**说。

“噢。”男子嘟哝了一声，停住了手。他将球形玩具慢慢掰开，掰成一块一块。红色、蓝色、绿色、黄色等色彩鲜艳的菱形块从他细细的手指间，向他坐着的，悬在空中的椅脚下方落去，一直朝下落。

我试图用眼睛追着那些朝下落的东西。它们一直往下落，却未从视野里消失，不过变得越来越小，以至于无法辨认出来。**我**将视线转向男子，突然发现自己的视线犹如直尺画出来的直线一般，笔直地射向了男子脸庞的正中间。男子从口中吐出了一些红黑色的液体，像暴露在空气中的血液似的。男子的脸慢慢地分成了左右两半。

“我并非不留恋自己破碎的身体，可大多事物是可以被替代的。”男子如此嘟哝着，其右脸滑落了下去。

“构成我身体的物质变得粉碎，将会构成别的生物，也可能是别的智慧生命体”，他继续用左脸说道。一不留神，男子的身体也已经变得支离破碎。由于重力的牵引，男子的身体碎片掉落到椅子上，旋即又落了下去。从左胸到肩膀的三角形碎片好像是最大块的，一块一块的碎片发出不同的声响，从他身上落了下去。

“多花一些时间，本已失去的东西迟早会出现在眼前。”

“即便你认为这个东西无法控制，早晚也能灵活驾驭它。”

“智慧生命体可以到达任何场所，可以达到所有时间点。”

“一旦所有的谜从自己的世界里消失，我就要着手解读其他的世界的规则了。”

“那也可以叫作宿命什么的吧。”

“在做完那些事情之前，我们的存在就成了一个纯粹的坐标。”

“将一切都削去，等无法再削去其他东西的时候，最后残留下来的东西——”

“那就是坐标。”

“坐标？”我一边思忖目前为止的所有对话最后结论都相同，一边忍不住反问他。男子的身体已经彻底看不见了，可从椅子的座板上响起一个声音。

“是的，就像舍弃了身体的你和我一样。每个个体附带的身体变得支离破碎，这才只是个开端。精神也一样，会被物理变化分解。物理变化迟早也会瓦解，会进一步变得细碎。**尽管如此，作为生的核心的认识主体依然能够存续**。就像我们现在这样——我失去肉身化为坐标，你也一样。我们的对话就像现在这样成立。智慧生命体的技术将会到达那种程度。之后，众多坐标会形成一个坐标层。那才是真正的尽头，也就是我现在所处的地方。在这里，任谁都能知道一切，并且完美地理解一切。”

我和男子在这个地方不断地重复着同样的事情。失去身体，暂时恢复，然后再度失去。从那现象与对话来看，这个地方已经不可能再产生新的话语了。

*

和第十一位美希子见面那天，天气特别晴朗。新宿街头，堂吉诃德、消费者金融、家电超市等各种商店招牌争奇斗艳，而天空却比平时看上去澄澈透明。我从新宿三丁目车站走出来，寻找水上交代的，位于小胡同中的酒吧。我报了水上的名字，被店员带到预订的座位旁，看到水上和一名女子已经落座了。

都第十一回了，再稀奇古怪的事情我也逐渐习惯了，感觉就是种奇葩的联谊会吧，不过“寻找美希子替身游戏”的确挺有意思的。我搞不清楚水上动机何来，可若对此表现得过分在意，就好像多享受他这种安排似的，而这难免会让喜欢给人添乱的水上扬扬得意，这么一想我就有些生气。因此我打消了探寻水上真正意图的想法，但凡他每次介绍新的女子给我，我都尽量表现出“有招儿你就尽管用”的样子。

目前为止，在水上安排的十位美希子中，我感觉外表最相似的是第五位在证券公司工作的女子。我想问她的名字，并交换联系方法，可水上说“你不能这么做”，制止了我。尽管我觉得长得很像，但可能这感觉中包含着自己的愿望：若真正的美希子能活到二十五到三十岁之间，我希望她是这个样子。说起美希子的相貌，当时我没有手机，只有一张我们去神社祈祷考试顺利时在鸟居前拍的集体合影。照片以神户的街道为背景，是从位于山丘上的神社内往下拍摄的，不过是逆光。因为光线晃眼，照片中的美希子眯着眼睛，在六个人中，肤色显得尤其白。这张照片，我在大学时代曾反复看过很多次，后来在数次搬家的过程中不知丢去了哪里。

水上坐在里面的位子上微微举手示意，我朝他点了点头，并看了看第十一位美希子的背影。这是所有美希子中的第一位短发女子，她身穿连衣裙，露出的后背很美。我一边问候“你好”，一边绕到桌子对面，坐在了水上身旁。我朝第十一位美希子的脸庞望去，可视野突然开始晃动，好似侧脸被扇了一巴掌似的，脑子也跟不上现实情况了。眼前的美希子也盯着我，眼睛瞪得圆圆的。

充当第十一位美希子来到这里的，竟然是葵——正是去了博多后就音讯全无的葵。直到现在，我独处时脑海还会浮现与葵相拥的场景。

当知道水上与田中认识时，我就曾想，这世界真是太小了，尤其是水上这种活跃的男人介入后，这种偶然性好像会成倍增长。葵也与前几代美希子一样，没有详细了解情况就来了。当我说出自己与葵认识时，水上意味深长地噘起了嘴，但严格遵循“寻找美希子替身游戏”的规则，没有试图打听我们之间的关系。刚开始，葵对我的态度一直客客气气的，可能惊愕得有些生气吧。

“我也被水上耍得团团转。今天你为什么来这里？”

水上去洗手间时，我坐到葵旁边问她。

“我什么也没问呀。他说只是为了寻找美希子。”

葵答道，语气恢复到以前见面时，还拿出iPhone6s让我看了他们在LINE上的对话。

“今天一起去喝酒吧！我有个朋友在寻找美希子。”这是水上发来的第一条信息。

“美希子是谁？”葵回复。很自然的反应啊。

“到时会告诉你的。”

“你这种邀请方式很不像样啊！”

“可以的话，一起去喝酒吧？我的朋友中，有一位男士正在寻找美希子。”

“不是啦。不是语气的问题啦。”

笑脸的表情。

笑脸的表情。

“可是……好吧。不说那些了。好久不见，我也很想见你一面啦。我服从你的安排。”

葵发了一个OK的表情，水上也回了一个OK的表情。接下来就是讨论具体安排的对话。

“对了，美希子是谁？”

对这个问题，我也越来越不清楚了。正聊着这些，水上回来了。

“聊什么呢？”

水上斜眼看着我，问葵。

“她问美希子是谁。”

“啊，这个啊。美希子是一个象征，象征着失去的可能性。不，严格说来，这种叫作失去的可能性的东西，已经不在这个世上了。可田边觉得还在。一直没死心呢。”

“你在说什么，我一点听不懂。喂，你懂吗？水上这人啊，总是冷不丁说些没边没际的话。”

“你就算问这家伙也没用啊。他满脑子都是淫乱的想象和美希子，别人说的话，他连一半都不会认真听。对了，你去了巴黎吧？就在极端事件发生那几天。没事吧？”

“啊。”葵条件反射似的想要回答，但我察觉她的表情有一丝阴霾。

“我当时不舒服，就在酒店里躺着了。说是极端事件，其实也就发生在部分区域，街上也没有什么骚乱。大家倒是都挺担心我的。”

哦，原来那时葵在巴黎啊。如果不是在这里又相遇，对我来说，葵就是去了博多后从我生命中消失的人了。聊着聊着，这三个月的空白很快就被填满了。同时，我也感到和葵之间的过去，也就是在这三个月时间里我独自一人回忆的和葵的亲密时光，突然变得索然无味了，得像有头无尾的故事那般结束才意犹未尽啊。

葵去巴黎，好像是半工作半休假性质的，公司不负责费用。即便如此，葵似乎也享受到了兼顾兴趣和工作的乐趣。在出差地的一家西装厂，葵同一名法国女性志趣相投，午饭后就去逛商店。葵说多亏那位擅长英语的同龄女伴，自己得以去夜店玩。想象着被法国女子带着去夜店的葵，我就暗暗兴奋起来。我感到自己这种无奈的颓废嗜好，别人根本无从插手。不过，葵没被卷入极端事件中，这比什么都强。

“巴黎是不是伊斯兰教派的人很多？”水上问葵。

“怎么说呢。我可能分不清中东人跟东南亚人，不过似乎还是挺多的。感觉地铁里的乞丐大多是伊斯兰教派的人。”

“移民政策推行得不顺利吧。”

“不好说。每天进地铁时，我都能看到台阶上有包着头巾抱着婴儿的妇女在乞讨，她们会一直说‘你好，女士’‘你好，先生’。东京好像完全没有乞丐呢。”

“东京的流浪汉好像也不会为食物发愁啊。”

“是吗？”葵小声咕哝了一句，呷了一口白葡萄酒润喉。

“不是发生过查理周刊枪击事件吗？就是那起事件啊，巴黎的报社由于刊登了辱骂伊斯兰教的讽刺漫画而遭到了袭击，超过十万人聚集起来示威游行。我记得事发当天，有位法国作家出了一本嘲讽伊斯兰教的书，一时成了舆论热点。我只是去巴黎旅行而已，所以不太清楚，是闹了些纠纷吧。”

葵用叉子叉了一片火腿，又呷了口白葡萄酒。

“游行人数不是十万，好像是一百万吧。”她一边将酒杯搁在桌子上，一边皱着眉嘟哝道。我看着她，现在才意识到，真是个好女人呐！她同其他男人说话时，那混杂着敬语的模样，莫名地挑动着我的神经。

“田边一直都不出声呢。”

我回过神来，才发现水上好像一直在偷偷看我。他嘴唇上沾着喝过红酒后留下的黑色印迹。

“你不会是又在想念美希子吧？”

葵眯着眼睛看向我。她那稍稍扬起下巴的动作，我曾在两人一起进餐时见过几次。刚到餐馆时，她不会有这种表情，用餐期间起身去洗手间，补妆后回到座位上时，葵才经常露出这种表情。

“是吗？”

“是啊。”水上擅自替我回答了，“他这样默不作声时，就是在想美希子。你对他说‘你无法忘记伤痛呢，真可怜’，这家伙就会兴奋起来。”

“好傻啊。”葵笑着说。水上接到了工作上的电话，再度离席，离

开时在我耳边咕哝了一句“你无法忘记伤痛呢，真可怜”。之后我将手叠在了葵从无袖连衣裙伸出的纤细手掌上，

“请别这样。”葵又恢复了敬语，我的手被她拿开并放回到了我自己的膝上。

快分开时，我主动约水上去第二家店继续，在酒吧门前跟葵道了别。因为我无法忍受她就这样和水上一起离开。我心里也清楚男人爱嫉妒是件丢脸的事，可对这种感觉很无奈。那晚，我用LINE给葵发了条信息，问她还能否再见面，然而，信息一直显示“未读”状态。

我所属的公司是在活力门网站的社长因诈骗交易被逮捕之前成立的。IT业兴盛时期，日本社会普遍认为股票上市是件好事。经营者经常将股价抬高数百倍后再抛售，而这种操作也被普遍认可。活力门事件之前，民众看好的行业只要被贴上发展前景良好的标签，其股价就涨得令人难以置信。销售额连五亿都不到的新兴企业有时市价轻轻松松就超过了百亿，大股东便会从股票市场套现巨额现金。之后，股价大幅回落。大多数企业都是在股价低迷的状态下勉强维持运转的，不过也有一些企业在上市后又制造出新的热点，其经营会逐渐恢复正常。即便如此，能恢复到上市时股价的企业也不多见。

大家都从活力门事件中明白了一个道理，那就是过于醒目势必遭受攻击。之后的经营者都倾向于彻底避开“负面醒目”，绝口不提“商业成功论”，坚决主张“客户至上”。我感觉也就是从那时起，整个社会开始倾向认为，比起“企业的成功”，“提高客户的体验”才是更重要的。但是，从结果上来看，既然是资本主义社会，所谓企业价值，就是市场价值，最后依然得用金钱来衡量。

大型资本吞并小型资本后，不久便开始收缩，这是一种必然趋势。实际上，任何一个领域，得以幸存的企业只有一两个，说巨大资本的运营是由极少数决策者决定也毫不为过。被排除在决策之外的大多数人在默默奉献的同时，也是被压榨对象，即客户。但是，远离决策权的众多客户也会为追求更好的企业以选择自己所隶属的对象。也就是说，既然是人，无论谁都会不停追逐“利己之事”。

我被水上那种神附体的架势感化了。这种“已读不回”的状态实在太折磨人了，到了公司后我也净想些没用的事。早上起床后，看到发给葵的信息是“已读”，可她并未回复我。到了正午，我想要离开公司时，iPhone 6显示收到了一条信息——“我在出差。怎么了？”

看到那条信息，我脑子里乱七八糟的想法顿时烟消云散，用手指划开了信息。

“呀，好久不见了，最近能见个面吗？”我回复葵。

葵立刻回了一条“不要”。

“小心眼儿！”

“你也找找其他女人嘛。”

“我不想联系其他人。我都苦等了三个月了。看来我错了。”

“别发牢骚了。哈哈。那就约下次吧。等咱俩工作都不忙的时候。”

“那得等到什么时候啊？”

“嗯，今天可以，如果时间不长的话。接下来有阵子不行。”

我彻底丧失主导权。我一边提醒自己不能让对方看出自己太着急，一边往手机里输入：“那就晚上七点吧，新宿见好吗？我约好餐馆，再发信息给你。”

输完后，我又看了一遍，语气看上去很着急似的。以前应该也有过三个多月不见面的情况，可这次是原以为断掉的情缘再度续上了，这莫名地让我兴奋起来。可是，为了不让她觉得我太着急，我决定在食评网上寻找价格适中的餐馆，认真翻阅网站内显示的餐馆内部照片，最后定下了一间环境良好的餐馆。这餐馆有包间，包间里配的是沙发座位。

我故意晚到了五分钟，可葵还没到，白较劲儿了。十五分钟之后，葵来了。我点了啤酒喝，啤酒的牌子我都没听说过。葵说“今天不太舒服，我喝饮料”，于是点了青柠碳酸水。第一次看到葵饮酒有所节制。就因为这点，我有些感伤起来。那种混杂着寂寥与性冷淡的感觉，我记得曾经有过几次。无论如何，我现在特别想要眼前这个女子。我记不起来自己以前何时这么想过。葵默不作声地喝着碳酸水。店里播放着流行歌曲，很小声，西野加奈的《使用说明书》的歌词传到了耳朵里。

谢谢你这次选了我。
使用前请看说明书，
要一直温柔地对待我哟。
只此一件，没有退换。
请你了解。

“是有点心机还是什么呢，怎么说，西野加奈还是很厉害啊！”

葵苦笑着说，将碳酸水杯放回到桌子上。

“真像是婚礼上新娘的朋友唱的呢。”

我附和着说道，葵又动了动嘴唇，但没出声。

“是啊，现在婚礼上也不能唱‘瓢虫的桑巴舞’了，可能有时歌曲也得修改升级吧。”我又说道。可葵并不知道这首名为“瓢虫的桑巴舞”的歌曲。她和我差了九岁，这首歌在我小时候就是老歌了，葵自然没听过。那首歌的歌词里有一句“大家吵着让你吻吻我”，我跟葵解释说，大家在婚礼上会没完没了地重复这句，直到新郎新娘接吻才停止时，葵用手摸着项链坠儿说“不会吧，这么猛”。可是，既然“瓢虫”这首歌不适合现在播放的话，那自然是因为市场变化了。这么说来，还是西野加奈更能捕捉到市场话题热点。

“真为她的才华而震撼啊。”葵边说边捂嘴，将头转向了一旁。

“我三个月不见你，就想见得不行。”

“你无法忘记伤痛呢，真可怜。”

葵一反常态，看起来很高兴，虽然只喝了碳酸水，却很兴奋，不停地夹小菜吃。她本来晚上是不吃碳水化合物的，今天却吃完了一整份比萨，还把放了好多鸡肉的沙拉也干掉了。这三个月到底发生了什么？葵的性格看起来完全变了。还是她原本在我面前一直极力掩饰的一面，因为昨天见到水上，就决定不再掩饰了呢？不，或许发生变化的是我吧，是我观察葵的眼光不一样了吧。再次相见以来，我觉得葵看上去好得出奇，也并非外表有了多大变化，我感觉她发型没变，穿衣的风格也和以前相同。

和葵一起吃饭没多久，我就有点兴奋了。在闲聊得最起劲时，兴奋感一直持续着。我记起了和葵第一次见面时的情形。我俩在酒会上认识，后来约了吃饭。下班后的葵看起来没什么精神，中途去了趟洗手间，回来时妆补得很漂亮。

“我最初对你没兴趣，可一聊起来就感觉你还不错，于是就认真对待了。”她后来说。那股风情触动了我的心弦。

“陪我喝一杯吧。”我把酒水单递给葵，她神情严肃地瞅了一眼后，点了杯桑格利亚果酒。酒一上来，她就一下干了。那之后就毫不扭捏地开始饮酒了，让我心想方才的她是不是假装不想喝酒呢。

葵酒量很大。我知道她不管喝多少，都不会丧失意识。可说起她醉酒的样子，好像也只是看起来腿脚有点不稳而已。我虽然想邀请她去我的公寓，可新宿的酒店街就在眼前，我就装作若无其事地往那边走去。我试着拉她去酒店的方向，她也没有表现出特别不情愿的样子。

还在电梯里时，葵就用手勾住了我的脖子，主动吻我。她在我耳边咕哝“你无法忘记伤痛呢，真可怜”。电梯门一开，我们就走了出去。根据长方形房卡上的房间号码确认了房间就在前面。一进房间，我们又吻到了一起，接着直接倒在了床上。突然，我感觉这个场景好像发生过，头一下蒙了。大脑的某个部位麻木了，其他部位还在正常运转吗？不，可能相反。也可能是大部分位置麻木了，只有一部分还在正常工作。那个麻木的部位莫名地清醒着，冷静地看着我和女人亲热。

葵本来用手臂撑着趴在床上，这会儿整个人瘫了下去。我小心避开葵的身体，仰面躺到了她的一旁。

我闭上眼睛轻轻喘息，没有感觉到亲热过后常有的那种身心舒畅的放松，总觉得空气好像满是灰尘。我翻个身，换了个姿势躺着，随即感到左腿隐隐作痛，眼前也莫名地暗了下来。左腿的疼痛仿佛不祥的预兆般越来越强烈。由于那些既非感情又非理性思考的噪声般的回忆，大脑似乎呈现饱和状态，与其说是什么也思考不了，不如说是感触过多。这种感觉源自那次地震。关于处于死亡边缘的记忆。大脑因压迫感而饱和，停止了思考。听到了喊叫声。

“把我从这里放出去，这算什么，混蛋。放我出去，放我出去。求求你了。”那是我的声音。悲哀的、被激怒般的叫声。我的喉咙有些嘶哑。在瓦砾下被压了几个小时，不，压了几天后，人会怎样？我必须逃离。这样下去，一直被压着无法动弹，我最后可能会脱水而死，即便意识到这一点，结果也无法改变。我必须逃离，却无法从悲惨的死亡想象中逃离出来。胸部被压垮，浑身汗毛倒立，心脏在胸腔剧烈跳动，我感受到体内的强烈脉动。

所有一切都冲进了大脑，头特别重，我也不知道具体是什么。总之就是所有一切。因为所有一切，所以头特别重。无法呼吸。我像是撬开肺部一般在吸气，用尽全身力气向上抬起下颚。在心里准备好要看到令人厌恶的东西后，我睁开了眼睛。

眼前有一扇窗，有一对眼睛从对面盯着我。我梦到了自己被救出时的样子。是那时的我的眼睛。不，不是。是老式情人酒店里常见的镜面天花板。那件事，已经过去二十一年了。

*

葵为何又愿意再次来见我，我也不清楚。我感觉自己舒爽了两次之后，对葵那种近乎迷恋的感觉就淡化了。仅仅是因为要分开了，我才倍感不舍吧。或许这是最后一次见面吧。我们在床上躺着，葵讲起了自己所在的公司，讲的应该是去博多出差那件工作的后续，但我不记得她之前讲过的内容了，只好适当地随声附和几句。接着她又讲到了在巴黎的事。由于极端事件的发生，回日本的航班无法起飞。不过，从表面上看，除了发生极端事件的地方，巴黎很快恢复了聚集全世界游客的观光大都市的样子。塞纳河游船重新开放，葵无事可做，便在船上晃悠着读文库本小说。指引游客的广播有法语、英语、印地语、中文、韩语，却没有日语。她一大早去了卢浮宫，结果得以独自一人观赏蒙娜丽莎，等等。

“你在巴黎结交的法国女孩，她没事吧？她的家人也还好吧？”

“嗯。她家人都没事。不过，那姑娘的高中同学卷入了这起事件，去世了。”

这个消息也是葵在离开巴黎，到达羽田机场登录脸书后在推文中看到的。因为脸书上只有点赞键，她对此无法回应。葵的朋友的朋友，那就是我的朋友的朋友的朋友？我与葵因性发生关联。与葵在工作上有关的朋友，同那位卷入极端事件的朋友在巴黎的某个高中有了交集，去世的朋友与极端分子因暴力产生了关联。关联？熟人的熟人的熟人……听说如此追踪下去，地球上的所有人通过六个人就能相互认识，话虽如此，通过别的渠道，人与人似乎也能发生关联。最后，通过家人或其他某些渠道，每个人可能都与暴力事件有了关联。地球上的人们仿佛彼此相连的神经元突触一般，若从其他的关联角度施加影响，可能就会产生完全不同的输出结果。我不清楚极端事件的具体实施者是否直接与其头领联系，但不管怎样，头领的旨意无疑都通过连接两者的通道传达下去，最终落实到具体行动上。因此，所有行动并非由一个人决定。或许也有一种可能性，要是刺激来自中间的某个神经元突触，末端可能采取完全相反的行动。问题究竟在于联络渠道的不完备？还是由于联络渠道中缺少整体构想？

“联络渠道的整体构想？”

葵听着我温温吞吞地谈了这些想法，忍不住插了句嘴。舒爽之后，我的头脑清醒得像个智者，我便随口说出了想到的一切。需求得到了满足，但酒劲还没过去。也可能因为亲热时大脑中回放了地震被埋的场景，心里有些不安吧。“家人关系便是一种宗教联络渠道。我只是觉得这种关联被恶意利用了。家人之间的关联被生拼硬凑般地利用了。也就是说，在毫无关联的地方设置一个突触点，将人与人连接到一起，驱使人去行动。而设置这种东西的人自己却完全不相信这些。”

我好像被水上的神附体传染了似的，说着一些粗制滥造的私房话。葵闭着眼睛默不作声地听我说，闭上的眼睑轻微地颤动着。我看着她闭上的双眼，突然听到了一种声音。当然是葵的声音，可为何又不觉得那声音来自葵的嘴巴。或者也有一种可能，葵此时此刻在其他地方思考着其他事情，只是凑巧通过在这里的身体，将身处另一个世界的语言转换为声音而已。

“老实说啊，我完全不知道该如何看待人死这件事。”葵稍稍睁开眼睛说，接着眼睛逐渐睁大，连虹膜都能看到了，“公认治安很好的地方发生了极端事件，导致人员死亡，这很惨，也让人难过。生命脆弱，这永远让人难过，可人即便什么都不做也是要死的。生命有时脆弱，有时又很坚强。你忘不了的美希子在地震中死去了，既可怜又让人难过。有一件和我没什么关系的事情——巴黎发生了极端事件后，脸书就赶紧追加了一个功能，即在头像上加法国国旗以示哀悼。你知道这个吧？”

“知道。水上的头像也加上了。”

“那个啊，应该是脸书的程序员与设计者合作，啪嗒啪嗒地敲击键盘做出来的吧。在设计这个功能时，他们是怎样的一种心情呢？设计时真的有心怀和平吗？会不会只是把这件事作为分内事而完成？使用这个功能，在自己的头像上蒙上法国国旗的人，在祈祷什么呢？国旗能很好地代表那些人祈祷的对象吗？”

“代表祈祷的对象？”

“那么，在这件事里，‘国家’不就成了制造对立的伪装吗？我感觉，制造为国家概念所局限、束缚的这种状况——才是这项功能的企图所在。我也说不好，不过总觉得哪里不对劲。”葵再次闭上眼睛，“我不是想指责哀悼死者的人，只是不太明白而已。到底该哀悼什么呢？而且，虽然我刚刚口口声声地说难过难过，其实我一点都不难过，几乎是毫无感情地看待人死这个问题，我觉得可能我难过的是自己这一点吧。”

接着葵睁开了眼睛。她的双眼皮很漂亮，重叠的两层眼皮一直延伸到了外眼角儿。

“好可怕，那样的自己。”

*

田边他们读高中时，正是进所好大学、找份好工作、成立一个好家庭这一道路被认为绝对有益的年代。对此，也有一定势力提出异议，但其存在本身也属于社会多元美的范畴。对十七岁的少男少女来说，社会似乎比实际感觉到的更大、更危险。田中也曾经有过认为人生充满了无法挽回的事情，因而过分努力的阶段。

因为父母的关系，美希子跟着家人从东京搬到了神户，这其实违背了她的本意。她将回到东京的希望寄托在了高考上。**田边**无法理解这点，觉得她对高考的恐惧有点夸张可笑，不过他没有说出口。

只有一次。

“好怕啊。”美希子说。

十七岁的**田边**回答“我也怕啊”。听**田边**这么说，不知为何美希子显得挺开心。那会儿**田边**也在思考如何能碰碰美希子的身体，根本没好好听她说话。

“你怕什么？”

“可能就是说说吧。”

“也是啊。你根本没有怕的资格啊，也没有怕的必要呢。因为你无所不能嘛。我懂的。你特别聪明，所以什么都会做，而且可以活得自由自在。你啊，就是把我这种动不动就怕的人一个一个救出来，最后再对我们一起解释说明的那类人。在我经历了所有失败，虚度一生，变成一个满脸皱纹的老太婆时，你就出现在了我面前，一副没有吃过苦头的轻松模样，然后全部解释给我听——解释给经历过可怕事情的我听，之后再让我安心地死去，对吧？”

最后几句话，美希子好似自言自语般，说得又快又小声。她仰起脸，对着**田边**喊道“我想我最后可能会是一个非常孤独的老人，六十年后，七十年后，我不知道会是什么时候，那时你可不可以来杀了我？摸着我的头对我说‘虽然你有过很多可怕的经历，但你很坚强’，然后用药或者其他东西让我安乐死。”

田边最经常想起的就是说这话时的美希子。海军服有些硬，包裹在里面的身体很柔软，肌肤白皙；从正面拥抱她时，能够隐约感觉到她凸起的胸部；从领口也看得到的后脖颈处的绒毛；目光交汇时，她含羞低下头。**田边**觉得这么下去肯定会发生关系——对于十七岁的少男来说，当然没有什么比这件事更重要的了。

大地震是在一个星期后发生的。

*

这种被水上传染的、以神自居的心态，好像特别适合交欢。我保持着这种架势，与葵一直聊到半夜三点，然后又做了一次。休息了一会儿之后，我又恢复到那种状态中，再度亢奋起来。这期间，葵好像被摁下了别的按钮似的，说了很多生活中不愉快的事：与年老母亲之间的争执，小时候逃钢琴课后被揍的不甘，在职场同年长同事合不来。

“最终这工作肯定越干越没劲，我得在适当的时候离职，可接下来怎么办呢？我会成为一名中年自由职业者。”葵说。

我觉得葵肯定和中年自由职业者沾不上边，可恐怕我的感觉不对，葵的担心才是正确的。我只是作为他人从外围观察她而已，所以才感觉葵永远都那么美丽，可那是不精确的。现在的葵，展现出我完全没见到过的一面。以前的她，总是一副凡事与自己无关的样子——现在的葵，某处与当年的美希子有些相似，我竟然直到今天才发现这点，真是不可思议。

“既然如此，我到时就杀了你。我会在久远的将来，找一个合适的时间，突然出现在你面前。在为你消灭了所有不满之后，安安稳稳地送走你。”

那一瞬间，葵的表情显得很意外，接着笑了起来：

“你做得到？”

“我认真起来，什么事都能做到。”

“那我接下来会积攒很多不满，做好多好多愚蠢的事情，这也没关系吗？”

“那个时候，我可能已经杀了很多人，应该被叫作死神了吧？所以在我看来，你做的那些事根本不值一提。”

“你打算以此为职业吗？”

“职业？兴趣？还不知道。”

我一边回忆与美希子在过去的对话，一边这么回答，然后半认真地感觉到，活着的人承担死神职责的日子或已逼近。

第二天，我整个人果真陷入在地震中被埋的回忆中。幻觉最严重时，我甚至还产生了被水上的大作激发出来的那类幻想。我从活埋死里逃生，审视着一段段他人的人生。被埋时我只有十七岁，当时也真的发生了这样的事情吗？我努力地想记起来，可断断续续的回忆中几乎只有痛苦，现实中的我应该逃了出来，却感觉到记忆里有大片空白，好似留白一般。我在以其他人为小窗口窥视世界吗？我读水上写的东西时，虽然觉得有些表达可笑，但现在想来，与我的想法还是有不谋而合之处的。

左脚指甲还有轻微的疼痛。不过这是幻觉。那次地震已经过去二十多年了。这里是安全的东京公寓，我不是十七岁，而是三十八岁，也很清楚如何应对记忆闪回导致内心的不安。想要你，只想要你，只要你在，我就不需要其他了，这无所作为的世界上只要有你在，我什么都可以忍受……这些想法在脑子里反复出现，与人亲热大概可以让自己镇定下来。于是我给葵打了电话，她没有接，不过立刻在LINE上回了信息。

“正在开会，稍后给你电话。抱歉。”

我一边想要不要回她信息，一边用电水壶烧水泡速溶咖啡。打算先稍微降低点舌头的品位后再恢复喝胶囊咖啡。

我在LINE上也给桃香发了条信息，问她今天能不能见面。桃香回复从十六点开始有一个半小时可以，但得我去国立见她。我去国立和桃香亲热了，心里想着：想要你，只想要你，只要你在，我就不需要其他，这无所作为的世界上只要有你在，我什么都可以忍受，紧紧抱着她。这是我从多年的经验中总结出的应对方法。桃香从来不避孕，思想很前卫，主张怀上了就理所当然地生下来，所以我照惯例戴了避孕套。

桃香分给我的一个半小时紧张地过去了，可能因为这一点，我的心还是无法踏实下来，于是又给水上打了电话，他说自己刚好给一个工作画上句号，现在可以见面。他又问我现在在哪里，我刚好在车站前面，车站大楼上写着大大的站名。

“国立。”

“国立？你怎么会在那里呢？好吧。十八点半，在银座见好吗？还是新宿？”

我一到水上在LINE上发来的店地址，就看到他和美希子已经在那里等了。这是第十二位美希子。我本以为他会很快厌倦，停止这么安排，可他的热情好像还未冷却。

“我突然被水上叫来，莫名其妙就过来了。”

“啊？是吗？我没告诉你我们在寻找美希子吗？”

“我不明白你想表达什么。”

这次的美希子名字真的是美希子，第一次按照名字找人，我不由得笑了起来。

这个美希子好像完全喝不了酒，小口小口地啜着橙汁。“喝不了酒”看来不只是用来拒绝的客套话。当水上劝她试着喝一点点时，她说“好，那就喝一点点啊”，勉勉强强只喝下一口威士忌加苏打水后，结果整张脸就像石蕊试纸似的，眼看着泛红了。美希子似乎也为自己这点感到不好意思，而这也可能是让脸红上加红的重要原因。她连耳朵都变得通红，说了句“所以我说不行嘛”。

这么说来，我记起真正的美希子酒量也是不行的。阪神大地震的前夜，我们这群未成年人偷偷地喝了酒。虽然都是些酒精饮料、啤酒等如今下班后从便利店买来润喉的常见饮品，可对当时的我们来说，能喝到这些就已经很冒险了。虽然我们订了两间房，一间男孩子住，一间女孩子住，但大家都聚集到我们男孩子的房间，聊着天，一点点地喝这些还喝不惯的酒。酒量大不大最终取决于遗传，和平时的性格没有关系。田中很能喝，他好像只在过年时喝过一点点，那天喝完一罐酒精饮料之后，他一边说“真好喝”，一边就伸手去拿啤酒了。另外一个叫清水的男孩子酒量很差，皱着眉头喝了口啤酒后，就一个劲儿地吃下酒用的小吃了。美希子之外的两个女孩子喝了当时正流行的鸡尾酒罐装饮料。我记得自己当时还觉得她们喝得特别痛快。三个穿运动衫的女孩子盘腿坐在床上，一边说笑一边喝酒，只有正中间的美希子眼看着脸变红了。男孩子应该都坐在女孩子正对面，直接坐在地毯上，可这点我记得不太清楚。当女孩子回了自己房间，屋子里只剩男孩子时，田中说了句“真受不了啊”，那语气我至今都印象深刻。

第十二位美希子一边喝七百日元一杯的橙汁，一边跟水上聊天。

我漫不经心地听着他们聊他俩共同认识的熟人，美希子突然看向我，我俩目光交会在一起。美希子惊讶地皱起了眉，在我问她“你怎么了”之前，先问了我一句“你怎么了”。

“什么呀？”我的反问声和水上的笑声重合在了一起。

“你这家伙在哭啊。”水上天真地说，笑声也和平时不同，非常爽朗，“你这家伙，这个毛病还没好啊。这点很讨女孩子欢心啊。”

我用食指抹了抹眼角，泪水湿润了指尖。我明白水上为什么笑了。我会突然流出丝毫不掺杂感情的眼泪，大概持续五分钟或十分钟，原因不明。本来在大学时代就已经好了，怎么又复发了呢？当时，我常将此解释为隐形眼镜脱落所致，若在喝酒时流泪，就说自己酒后爱哭，就这么混了过去。我也曾一直在洗手间的隔间站到眼泪停止。那时，我经常习惯性地触碰眼睛下方，以确认是否有眼泪流出。

习惯了，就没什么了。有人的确对眼泪这种东西反应比较敏感。如今眼前这个美希子就是如此。

“你到底怎么了？”她担心地问道。

“没事的，”水上答道，“只是有些不正常而已。”

“是泪腺吗？”

“是泪腺，还是全部呢？不过，不用太在意。尽管他不太正常，但还是很健壮的。”

“你这没礼貌的家伙。”说完，我用手帕擦掉了眼泪。

从那家店出来，我们有些尴尬地和美希子道了别。水上邀我再去下一家，于是我们决定去附近找家店。水上边找边看手机，好像和女儿在LINE上聊天。那是他在第一次婚姻中得到的女儿，和前妻住在杉并区。女儿在学芭蕾，最近有表演会，如果没什么重要的工作，水上好像会去。

水上熟悉的那家连招牌都没有的意大利餐厅今天临时休息，他说这家店的吧台只够坐五个人，生火腿意面特别好吃。不过今天没开门，没办法。水上在大厦前稍稍想了一下，说去他公寓，便拦下了一辆行驶在靖国大道上的出租车。学生时代我经常在他公寓留宿，而现在还没去过他住处。下了出租车后我跟他来到了赤坂的公寓。公寓一室一厅大，布置得时尚舒适，家具的色调协调，灯光照明也恰到好处，深棕色皮沙发，茶几腿近似Y形，岛式厨房。水上将西装上衣丢到沙发上，示意我坐在沙发旁边，又从料理台对面的冰箱里取出两罐啤酒，从餐架上拿出一个深底的碟子，往里面放了一些油炸碎年糕。

“你负责哭，我负责吐。”水上一边说，一边喝第二罐啤酒。好熟悉的句子。是的，我和水上的关系突然变得密切就是由此开始的。我们两个人都很莫名其妙，我会突然流眼泪，水上会突然呕吐。

不正常的我俩应不应该成为朋友呢？某次在一起喝酒时，我又像平时一样流了眼泪，水上不相信我的随口解释，在我耳边嘀咕了一句“别撒谎啊”，接着又说“其实我也差不多，经常止不住地要呕吐”。

“这话真让人笑不出来啊。你负责哭，我负责吐。讲起来真恶心。”

我们这种症状在大学毕业前夕同时停止了——本应如此才对，可似乎复发了。

“其实我的症状也没停。”水上歪着啤酒罐说，看起来有些难为情。

“没好吗？”

“因为你说自己好了，我也就那么说了。”

“去医院看看吧！”

“去过了。”水上一口干了瓶底剩的一点啤酒，将罐子放在了茶几上，发出当啷一声后，他突然吁了一口气说，“也轮不到你说我。”

“哎，每次去医院，结果都一样。医生面诊后说些不痛不痒的话，然后开药。我呢，就按时吃药，吃药期间症状会缓解。其实人也是一个充满化学反应的有机体啊，精神方面也一样。治疗了一段时间后，医生说症状消失了，于是我停了药。但过不了多久，我又会经常呕吐。就这么反反复复。”

“原因呢？医生有没有说是怎么回事？”

“不同的医生，说法也不一样。有的说可能是工作中的压力导致的，也有的说是幼年时期的心理阴影造成的。不过，不管他们怎么说，我都觉得不是那么回事。怎么说呢？这肯定有更深层次的原因。也可能根本没什么原因，只是呕吐而已。我可能不太适合活着吧。说真的，实际上我并不太想活着，得个绝症也没关系。我不需要其他东西，但急需想方设法止住这原因不明的呕吐。”

水上的眼神看起来有些游离。我将啤酒一饮而尽，想着该说些什么话。轮到我说一些话了。

“可没人像你这么顺利啊。”

水上对我的话嗤之以鼻，说道：“所以你是让我感谢你？神，谢谢您啦。让我生在这么富裕的国家，让我生得这么优秀，还在死亡边缘救了我。托您的福，我能够过得这么好。谢谢您啊，神。”

水上明显生气了，但语气是平静的。我望着水上不停抽动的左眼睑，回忆起了大学时水上试图过量服药自杀的情景。他那时不是这样的，倒不如说与现在相反，总是一副毫不迷茫的样子，但左眼睑也经常剧烈抖动。水上那看起来清爽的脸有些扭曲，他感到自己又要吐了，到洗手间将刚刚喝的酒、吃的小吃一点不剩地全吐了出来，然后用水冲了下去，漱了漱口，回了房间。他在我的面前坐下就说“我现在要死，你看着啊”，于是就像刚刚将油炸碎年糕倒入盘子中一样，将一大把药放进一个容器里，吞进了肚里。水上昏迷后我叫来了救护车。可能因为是回忆，仿佛一切都从最初就决定好了一样，让人觉得整个过程就像某个仪式。

十五年过去了。还有几年我们就要进入被称为不惑之年的四十岁了。我为我们能一起喝酒感到不可思议。如果没有这么方便的联系方法，即便突然想起什么难忘的往事，也联系不上彼此吧。我之所以与水上取得了联系，是因为我检索出了他的联系方式。我在平时常用的电脑上打开脸书的网页，输入“水上弘史”四个汉字，就再次和他取得了联系。现在似乎已经没有必要记住任何人的联系方式了。整个社会变得极其便利。这也是整个人类的——想到这里，我摇了摇头。

简直无法克制地以神自居了。

葵和我在一起时，也经常上网查巴黎发生的那起极端事件。事件发生在离葵住的酒店乘出租车不到十分钟的地点。这起极端事件造成三百三十二人死亡，分别发生在足球场、音乐会大厅、大路旁的咖啡馆三处场所。犯罪团伙中也有年轻女性。葵说，或许在那起极端事件中死去的是自己呢，说完后歪了歪头，她说自己并非觉得恐怖，而是陷入了那种常见的心理状态中，很不愉快。葵像着了魔似的，详细讲述了自己在事件当天的动向——早晨醒来，她吃的是橙汁、羊角面包、咖啡奶茶等酒店的常规早餐；上了辆出租车，往塞纳河方向驶去；沿着河岸往巴黎东京宫步行时，踩了小狗的粪便，那天穿了双低跟靴子，粪便粘到了鞋跟上；小狗边蹭地面边往前走的样子，看起来像是受了伤；后来在二区背街上的一家餐馆，和在工作上认识的一名西装厂家的女子吃了午餐。女子邀请自己在巴黎停留的几天里一起吃个饭。葵当初确实有一点担心，若把人家的社交辞令当了真，那不是很招人嫌吗？可见面后发现对方完全不是那样的，两人很快就用英文聊了起来。那女子很想了解东京的生活情况，问了很多问题，比如那城市怎么会那么大？人们都很熟悉比蜘蛛网还复杂的电车线路网吗？时尚潮流是怎么形成的？很多问题葵自己都答不出，可不回答又太没礼貌了，所以就应付着回答了对方。葵也不记得自己都说了些什么，接着对方就问葵，那么大的城市，如果发生了极端事件不是很可怕吗？

“极端事件？”我忍不住插了一句，“还谈到了这个吗？”

葵在自言自语，好像也有些惊讶：

“说着说着，我就想起来了。是啊，我们谈到极端事件了。她说东京如果发生了极端事件会怎么样？比如地铁运载大量的乘客，很难排除身上藏着危险物品的旅客吧？”

葵知道，这位喝着白葡萄酒闭着眼睛的巴黎姑娘在想象东京可能会发生的极端事件。她可能不知道好久之前发生的“东京地铁沙林毒气事件（**注：一九九五年在东京地铁发生的，由奥姆真理教组织的恐怖袭击事件**）”。东京确实发生过极端事件，那是一起以地铁为目标的极端事件，和这次的巴黎极端事件一样，都是由宗教组织聚集的团伙搞出来的。

“从人类整体来看，极端事件可能就像抗体反应，”葵也一副神附体的架势，“或许是想阻止世界朝着一个方向发展吧。可是，他们好像也没有明确的政治目的啊，看起来只是不想打消自己的妄想而已。”

妄想？可能是吧。可这样搞，无论同伙还是敌人，都会有人死去。就像这次，死去的人不会复活，事态也已无法挽回。

“可能问题在于，已知的事情和能做到的事情存在很大背离。虽然人可以看到地球的另一面，可以当作去过那里，但并不是任何时候都能自由前往呀。也可能有人能去，但那只是一小部分。看得到却去不了，这样的地方还是很多的。”说到这里，葵急躁地摇了摇头，“哎，我也说不好。”

你以前也是这样吗？水上对我说过的话浮现在脑海里。她越来越不像我认识的葵了。

我什么也没说，但葵就像读懂了我的想法似的咕哝“总觉得掩饰这个，掩饰那个的太麻烦了”。她用手臂抱住我的肩膀，挤压着我的身体。

“我感觉自己活到现在一直都遮遮掩掩的，总想表现得最好，所以平时极力克制着自己。不过面对你，我再不用这样了。至于别人怎么看待我，怎样表现才算好，这些我都不用去考虑，一切都变得无所谓了。我觉得你肯定在想，我被卷进了你们的奇妙游戏中吧？嗯，就是指‘寻找美希子替身游戏’。”

葵蹭着我的身体。我又莫名地兴奋起来，可葵转身避开了。

“说起来，你找到美希子了吗？”

“还没。”说是这么说，可美希子已经不在人世了。

“将来能找到就好了，”葵再度将身体贴紧我，“自己喜欢的、本该再也见不到的人。我也有过这种经历。上小学时我喜欢过一个男孩子，他特别可爱，五年级的时候搬去了金泽。最近在脸书上收到了他发来的信息，我很高兴他还记得我，可也觉得没什么意思啊。他已经结婚，而且有了孩子，说想见我，可我觉得完全没这必要啊。”

“其实去见见也可以啊。”桃香说。我那种神附体般居高临下的架势绝对不会传染给桃香吧。与我在一起时，她常说的就是孩子、朋友、出轨对象和老公，剩下的大部分时间都专注于调情与亲热。也是，我们能在一起的时间就那么一个或一个半小时，桃香确实挺忙的。

我不由感慨，和桃香在一起竟能如此销魂。隔段时间就得约她一次，否则我会坐立不安。桃香也习惯了我这个样了，会尽量抽出点时间给我。有时我感觉桃香在用性爱滋润我。我俩之间虽然没有恋爱的感觉，但也实际感受到了某种爱情因素的存在。我曾问过她，为何要用性爱滋润包括我在内的那么多男人——

“对象越分散越轻松，”桃香边穿黄色毛衣边回答，她准备回去了，“准备结婚的人，挽手走路的人，一起去喝酒的人，互发牢骚的人，我都可以跟他们发生关系。跟他们亲热嘛，怎么说呢，就跟顺便似的。只有跟这么多人做，我才能承受住生活的压力。”

那天，桃香罕见地对我讲了自己娘家的情况。她生长在单亲家庭，二十岁时母亲去世，近亲只有祖母一人。祖母现在已经无法进食，靠插管维持生命。用养老保险报销一部分之后，桃香每月还要负担三万日元左右。

“虽然她意识不清了，但还活着。我很清楚这点，可是必须选择接下来要做什么，挺累的。”说完，桃香冷不防地看向我。她没有接着往下说，多半是觉得我不是她的倾诉对象吧。

桃香说上周全家一起去了鬼怒川温泉。她送了我一个当地产的温泉馒头，然后轻松地说起一位已婚大学同学最近的夫妻生活，那同学和桃香的情况比较接近。我时不时插问几句，饶有兴致地听着。突然，桃香表情惊讶地沉默不语了。

“你咋了？”她问我。在群马县出生长大的桃香说话偶尔会带乡音。

“什么？”

“眼泪。你怎么哭啦？”

我用手抹抹眼角，果真是湿的。糟糕，老毛病又犯了。我感觉桃香挺紧张，于是解释说我并非有什么难过的事，这眼泪好似数字信号，一按开关就会这样。桃香歪着脑袋，好似很难理解，不过没进一步往下问，气氛恢复到了方才的样子。我已经三十八岁，多数问题都能轻松应对，这件事在那其中根本不算什么，也就是无意识地流眼泪而已。

我问了一下桃香还能待多久，她说再过三十分钟就得走了。我莫名地兴奋起来，仿佛二十来岁时一般，轻轻松松就亢奋了。

桃香的整个臀部就像一个漂亮的桃子。我甚至想，她的名字或许就是由此而来吧。

“呕吐止不住。”

我努力从一阵阵强烈的快感中分散注意力，想到了水上昨天说的话。此时，身体碰撞的声音和桃香的叫声重合在了一起。

“呕吐停不住？”我记得自己这么反问他，“什么时候开始？”

“上大学时，我确实撒谎了，”水上大口呷着啤酒，“我听到你说自己不再无故流泪了，也就说自己的呕吐止住了。多亏了你，我被警察审讯过，也因此无法正经就业。不过，我却因此成了律师。我在上学期间打工时就开始这般呕吐了，可也没什么办法，去医院也治不好，就想这可能是一种毛病，就这么带着它过吧。这世界什么样的人都有，有生下来就没手的，也有生下来就什么也看不见的。既有无人喂养，活活饿死的孩子，也有专为给别人提供内脏器官而出生的孩子。不就是呕吐嘛，又不是什么大不了的事。我应该这样想啊，对吧？”

我点点头。我与水上在这个问题上意见一致。突然流下的眼泪又有什么呢？旁边有人的话，这点会让他们担心或不愉快，但眼泪总比那些呕吐物要强吧。

“不过也有一阵子完全不吐了。那是第二位妻子怀孕，和她刚结婚时。我工作很忙，妻子也在其他事务所做律师，我们轮流照顾孩子，那段时间特别辛苦。那孩子晚上很爱哭闹，我突然发现自己不一样了。”

“不吐了？”

水上点了点头：“是的，我发现自己好久没吐了。因为那阵子非常拼命，等发现时，已经很久没吐过了。当然，有时我也会因为饮酒太多而吐。不过，怎么说呢？那和之前的呕吐不一样。你明白吧？”

“我明白。”

水上露出了亲切的笑容。这在水上脸上很少见到。

“女儿很快就上小学了。我单独成立的事务所也终于上了正轨。虽然第二位妻子的事业发展不太顺利，但也不是什么特别让人着急，非得怎样不可的事。呕吐停歇了五年，我都快要忘记它了。我还在想我挺幸福的，可是……”

事情发生在水上的女儿小学入学那天。他的女儿背着崭新的书包走在前面，他与第二位妻子并肩走在河畔的樱花树下，跟在女儿后面。女儿即将就读的小学离他们住的公寓，以孩子的步行速度大概要走七分钟。校门上方的樱花已经开放，花朵是比女儿书包稍淡的粉色。粉红色的书包挺大，与女儿小小的身体不太相称，从后面望去，女儿背着的大书包与其他颜色的书包一起穿过了校门。那一刻，水上觉得很幸福。然而，呕吐物突然袭来了。水上捂住嘴巴，在校门前将吃下的所有早餐都吐了出来——玉子烧、火腿、纳豆、米饭，这是好长时间都不曾发生的“呕吐”。在超出了极限时，水上就忍不住了。

“我也想骗自己说，这不是之前的呕吐，只是肠胃不适什么的，或者可能是什么恶疾。我自己也不明白，为何比起‘呕吐’，我宁愿自己是得了重病。那天是女儿的重要日子，我的大脑却一片空白，满脑子充斥着自己的事情。从那时起，我一直无比享受的家庭生活似乎也开始严重褪色了。全家人一起吃饭时，我会战战兢兢地想‘呕吐’何时会来？我也试图把它当作自己的感觉出了问题，可我无法骗自己——毫无疑问，就是以前的‘呕吐’。”

自从我无端流泪那天起，桃香就不再见我了。我曾期望她会把我当稀有物种对待，结果事与愿违，我的排位好像反倒下降了。仔细想想，可能是因为她突然告诉我自己娘家情况，我在她心中的排位原本就不稳固吧。或许是取而代之，我和葵又继续交往了。我俩没有相互确认彼此的关系。男女关系的良好之处就在于，当沟通无法顺利进行时，做一次爱似乎就可以平息一切。不，可能也不是平息，但就是可以不考虑在一起的意义之类的事了。

我在葵面前也流过眼泪，可能跟异性在一起时容易流泪。我向她解释了这点，她既不惊讶也不厌弃，好似欣然接受了这种状况。于是，我在葵面前可以放心地任由眼泪流下了。

“水上是呕吐，你是流眼泪？”

我俩仰卧在床上，我在灯光下眯着眼睛，葵用手指划着从我眼角流下的眼泪。

“是啊，我俩就是这样。”

“同病相怜吗？”

为何用疑问句？

“也没什么相怜的，差不多都忘了。”

“这种事情通常是忘不掉的。”

不，会忘掉的。大多数事情都会消融在日常生活之中，不然人就无法与现实和谐共处。无论多奇怪的现象，见多了也就成了日常画面。

葵一直用手指划着我右眼角附近，或是厌烦了，不久她就仰面躺着了。她用毯子遮着半边脸，开始说以前的事，讲的是十年前第一次交往的男人。高中时，一旦有男女同学开始交往，那气氛就像流行病一般扩散开来。另外，大型出版社出版的少女漫画也助长了这种风气。喜欢漫画杂志《副刊玛格丽特》的葵也喜欢上了一位有些不合群且个性冷淡的同年级男生，主动接近对方后二人就开始了交往，发生在她十七岁左右。那也是葵的初体验对象。葵说，和那位男生的交往有一半好像是在和自己的幻想交往，自己非常起劲地将自己幻想出来的印象强行叠加在对方身上，等无法欺瞒自己时，就分手了。

“那是我的‘美希子故事’。无聊吧？倒不如说是太普通了吧？”

“美希子故事？”

“是啊，对我来说就是啊。你的‘美希子故事’没有展开后半部分而已。”

“如果没有发生地震，一切会怎样呢？”

“问我也没用啊。”说完，葵试图微微一笑，但嘴唇有些颤抖，最终也没笑出来。她随即向我的右眼伸出纤细的手指，在我的眼下摩挲，说了句“还在流泪”。

我不由得碰了下左眼，指尖湿了。

“虽然不像水上那样，但你也不像一个真正的人，只是一个具备田边外形的……”

“我只是会无意识地流眼泪。”

“可能我应该向你们学习吧，学习你们的那种……怎么说呢？那种厚脸皮。”

“你瞧不起我们？”

葵咧开嘴，这次笑得很灿烂：

“不是，我在表扬你们。我感觉自己从几年前开始就一直在演戏。也不是模仿哪位的人格，怎么说呢？就是觉得自己一直在装出一副人的样子。我想可能不仅仅我有这感觉，所以我觉得你特厉害，一边流眼泪，一边还能厚着脸皮装成人的样子。”

若说我的眼泪和水上的呕吐都不正常，那的确如此，可我感觉自身和他人没什么大的差异。看到某人上传到脸书上的和家人或恋人的照片，我就觉得自己似乎也经历过这些。看着别人的人生片段，我认为就算身处其中的人是自己，也没什么奇怪。我就像个集装箱，由各种各样的要素构成，每个要素可以与他人交换。而且，我感觉我这个集装箱似的外形也只是暂时的形态，不知何时就会解体。想到这些，我脑海里就蓦然浮现出水上给我安排的一系列的美希子的模样。或许这些美希子都分别包含着真正的美希子的某些要素。我清晰记得美希子那双内双的眼睛，而这点在印象深刻的第五位和眼前的第十一位脸上都能看到。至于其他的美希子，我难以清楚记起她们的脸，但即便是那些美希子的琐细举止，也是构成美希子整体的单个要素。

“或许你是因为我才哭的。”第十一位美希子，也就是葵，一边咕哝，一边在床上摆弄笔记本电脑，“我已经很久没哭过，也没吐过了。”她的小下巴很适合短发，白皙肌肤稍一触碰就变成粉色。

“你的眼泪和水上的呕吐可能都是调节阀呢。该哭不哭，该吐不吐的人大量存在，他们通过你和水上，处理掉了自己的眼泪和呕吐物。难道不是这样吗？”

我心想，这都说些什么呀，却接了一句“为什么是我和水上”。

“这我就不知道了。不过也有这种可能啊。”

我偷看了一下葵手中的笔记本电脑。葵用账号登录了脸书。新闻推送中显示着各种各样的留言，里面还混杂着一些外语的。我一时来了兴趣，问了句“可以看看吗”，葵便把笔记本电脑递给了我。我看了葵的贴文，有各种各样的内容，如出差申请被毫无道理地驳回，与我见面的事（我被写成熟人），关于巴黎发生的极端事件，附上了介绍战地短评的新闻（这则新闻主张“这在中东地区就是家常便饭”），葵表示“不知该如何理解”。这些都应该是葵写的，可总觉得不知哪里别扭。是因为不像葵写的吗？反正我感觉缺少了某些东西。抓拍、新闻链接，还有对此的评论，假如性格因子及其复合而成的气场构成葵这个人，那脸书上由图像和文字信息构成的那个葵既是葵，又不是葵。如果只是葵本人发布的文字信息，我可能就不会有此感觉，可脸书上发布的信息越是多样化，那种欠缺感就越严重。那些信息就像蚕在吐丝作茧一般，同时困住了看电脑的我和葵。微暗的房间中，笔记本电脑屏幕发出的蓝光映照着葵从薄毯子里露出来的光滑肌肤。葵爬过来，越过我的大腿，抬起头。我一边抚摸她的头，一边翻动页面，浏览着葵迄今为止写下的内容。

最初的记录是“出生”。这是开通账号时，输入个人信息后自动生成的。在婴儿标识的下面写着葵的出生年月日。我在葵出生的九年前出生。葵的脸书上有三百二十位朋友，点击一下他们的链接，在那些几乎不发言的人的页面上，第一条记录也是“出生”。谁都无法避开出生这一条。页面接着就显示符合每个人性格、兴趣、嗜好的活动信息。有些人每天都在记录，有些人几乎从不记录，有人只晒自己吃过的美食，有人热衷于娱乐圈丑闻，有人对政治话题愤慨不已，也有人表达对孩子成长的欣喜。虽然什么样的人都有，但不管中间如何度过，所有人被预定的去向——目前来看都是死亡。

脸书上有一个键，可以轻易给其他发文的人点赞。别人摁下那个键，自己的赞数量就会增加，被赞次数越多，被认同的感觉就越强烈，人就越容易满足。我往下看，发现葵越来越不爱给人点赞了，最后一次给人点赞是在一个月前。那是一位比葵年轻的二十五岁男子，应该是公司的后辈同事。他发了一条推文，附着送别会的照片。葵给他那条“早晚要娶到葵这样的女孩做老婆”点了赞。追踪一下葵和这位男子的互动，发现男子对葵的好感很明显。在看这些时，我又兴奋了起来，继续浏览着她账号上的信息。我问了一句“能看一下你的信箱吗”，她说可以。打开后，发现里面既有她与初中、高中朋友的互动，也有来自男性的邀约及葵的回复，还有来自我的信息。那是与作为第十一位美希子的葵再度相遇后，我发给她的信息。信息里包含着想要掩饰欲望却掩饰不住的卑劣感。我想从葵的账号给自己发些信息，可我一下想不起发什么好，便作罢了。

葵说自己停止给人点赞，是看了朋友的朋友因巴黎极端事件死亡的推文之后的事。不过，她目前似乎还在用脸书跟其他人交换信息。

各种各样的人都在脸书上发推文，当然，也有很多人不用脸书。不过，不管他们有没有受限于脸书的管理，都无法避免出生这件事，目前来看也无法回避死亡。由于人们活动的一部分变得可视化了，互相关注的人们的反应速度也越来越快。人们看到巴黎朋友的推文后，就分享给自己的朋友，让他们也能看到，然后就能获得更多的点赞，被更多地分享。看到推文后，每个人都会想些什么，之后会写点什么，或者试着离开脸书。我甚至感觉人们似乎变成了一个整体，在一件事上来回兜圈子，反复思考。思考，得出结论，或者厌倦。无论是何等的悲剧，在如此被分享的过程中，就成了“家常便饭”，人类总人口在这一期间也增加了。但支离破碎的世界无法处理持续增加的人口之间的大量思绪，于是就出现了消化不良引起的呕吐，以及对此的冷笑和厌恶。不过还没达到导致大家都呕吐的程度，所以某个人得像巫女一般，用自己的身体接受来自远方的冲击，然后释放出去。负责释放的不只是水上一个人吧？如果一个人处理这些思绪，就算二十四小时持续不停地呕吐，也无法释放完啊。若支离破碎的世界继续发展，仅靠现在的人是不够的，今后势必会有更多的人加入呕吐的队伍。他们可能得一天到晚呕吐不止。当然，眼泪也得流个不停。就是这样，水上会反复呕吐，而我则会突然被眼泪袭击。

真他妈的混蛋！

*

哪里好像在痛，咝咝啦啦，一跳一跳地痛。**我**明白，原本不太明显的疼痛正一点一点地逼近我。可**我**不想，也不应该被它降服。

“塔，又在一点点增高。”

往塔下俯视的男子这么说道。尽管化为坐标的男子没有身体，**我**却知道他在这么说。事实上**我**也没有身体了。

我们两个都是仅靠时间轴和空间轴无法指示出的坐标。我们处在一个即便借助第三条、第四条轴也无法把握的空间。坐标之间相互响应，才能构成意义，而这点被反映到了世界上。

可是，同这个仅仅只有两把没人坐的椅子相对而立的空间一样，意义还不够清晰。

“在拥有神的第一人称之前，不想到达这里。”从椅子的座席上传来男子的声音。

“神的第一人称？”**我**问那名男子。

“是的。这就是我们现在的状态。我们放弃了可以替代自己的所有一切，就这样被坐标化了。作为剩余物的我们所处的这个世界，整体形成了一个认识主体。所谓神的第一人称，真的没意思，却是最终要到达的状态，是真正的尽头。”

在男子俯视的塔下，有人在呕吐，有人在哭泣。对于曾从无数个小窗口窥视过世界的**我**来说，太容易理解。一边呕吐，一边哭泣，几个人在低声念叨神的名字。即便呼喊神的声音汇成了大合唱，从总体而言，感情的量与激烈程度也不会改变——神，神，求求你了，神。将远处潮骚般的轻微声响化为通奏低音，**我**和男子继续着对话。

塔，在一点点地增加着高度。**我**知道塔尖早晚会伸到这里。塔操纵着原本无法驾驭的东西，试图到达这里。所有事象的意义被固定了，曾经的吉凶事象甚至也带着特定的价值。

“无论多残酷，那也是必要的。”

“究竟为了什么？”

“这只是一种倾向而已，爱和破坏冲动的作用会反转，之后也一样，是试图按照惯性，努力维持爱的形式的结果。”

*

不知不觉，我把脸书账号换成了葵的。我想看葵的首页，向她借了几次账号后，葵把自己的ID和密码给了我。她说：“我把账号给你，随便用吧。”

我是从何时起开始用葵的账号登录的呢？刚刚在看水上的贴文时，我用的明明是自己的账号啊，现在竟然切换成葵的账号了。

我想象着葵白皙柔软的身体，回味前几天跟葵约会时的场景以及葵的触感。有人的声音传来，虽然听起来很微弱，仿佛远处传来的涟漪声，但声音突然变得清晰起来——拿出来，拿出来，拿出来。我好似听到过。

空气稀薄。喉咙干得可怕。尘埃卡在喉咙里。左腿麻了。腰被压住了，背上也有压迫感。我不知不觉浑身充满了力量。这是哪里？过了一会儿，哦，我想起来了。我在酒店里睡着时发生了地震，被埋在了瓦砾里。美希子也被埋在附近，而我并不知道。我尽量保持清醒等待救援，唯恐自己失去意识。但是，我几乎被不安压垮了。不，没关系，这只是幻觉而已。我其实已经跨了世纪，现在身处二十一世纪。我不在瓦砾底下，我要尽量留在脸书里，同时忍耐着地震场景在大脑中的回放。

笔记本电脑散发着蓝白色的光。葵的朋友像马赛克一般排列在屏幕的左下角。其中四分之一的人背景都是三色旗。

葵在脸书上的朋友已经增至两千人。或许因为葵的侧脸头像太美了，只要一发出好友申请，对方无论男女，都会立刻通过葵的申请，与其成为朋友。有时也有人问“你是谁”，但我对此一概无视。如果对方发出的是交朋友的短文，无论用那种语言，在谷歌上都可以轻易翻译出来。葵的两千个朋友里，有七百人左右是日本人。账号偶尔也会收到从未谋面的男子发来的猥琐信息，不过我对此一般都会随意地用猥琐语气回复。如此操作后，葵的女性朋友遂发来信息询问“你的账号是不是被盗了”。

我就回复：“好像点了可疑的链接，不过也不像是病毒，别担心！很快就没事了。”

在朋友数量迅速增加的同时，我也开始疯狂点赞。巴黎极端事件原本是葵停止给人点赞的一个契机，但我给与这次事件有关的推文都点了赞，包括在那次事件中失去妻儿的男人的推文。不仅如此，我还给为这条动态点赞的、住在川崎市的男性职员点了赞，为他刚出生的第二个孩子点了赞。我还给一篇不知所云的阿拉伯语推文也点了赞。

用葵的账号不假思索地一直点赞，身在其中的我恍惚了起来——完全不看推文的内容，却在头脑里描绘着那些由我随意想象的，素不相识的“好友”的日常生活。

在代替葵登录她的主页后，我一直把住在美国西海岸的那位专业点赞狂魔埃里克·博登当作榜样。埃里克·博登是一名程序员，目前在找工作。直到半年前，他一直在为创业做准备，在花光了天使投资家的投资后便关了公司。目前，他白天无事可做，常出门散步。为了赚些零用钱，他利用剩余时间整理网络新闻，制作所谓的“统整网站”。他似乎赚得不多，说一周能挣二十美元就算不错了。自以为是地挑选、转发全世界的新闻，并对其加以点赞，他就可以在自己的妄想不受任何干扰的情况下生存下去。埃里克的体重轻时也超过了一百公斤，周围几乎没有瘦子。他认为出现在电视或电影里的苗条艺人都不正常。积极上进的埃里克不认为自己是个胖子，只是感觉自己有点圆润而已。不过，他对自己的体重依然有些介意，一直试图降低食量，他一餐饭的热量至少相当于葵两天饮食摄入的热量。另一方面，在距离他大约一万八千公里的中东战场，有个携带危险物的八岁儿童正跑向一名美国士兵，美国是埃里克所属的国家。这孩子是要做什么危险行为？不管怎样，放他过来，无辜的士兵就会死去，于是狙击手射杀了这个孩子。狙击手也因此患上了创伤后应激障碍，试图自杀，后来康复了。之后，为了向身患创伤后应激障碍的美国前士兵传授康复方法，埃里克开始了志愿者活动。然而，这名狙击手最后被一名身患创伤应激障碍的退役士兵射杀了，原因是这名士兵被创伤应激障碍导致的闪回记忆搞得神经错乱。这一内容后来被拍成了电影，在全世界广泛传播。埃及的一名高中生穆罕默德用DVD光驱看了这部电影。痴迷于电影的他认为这是一部政治宣传意图很明确的电影，他很想成为一名电影导演，却不知道如何实现自己的梦想。最近，他每天都像说梦话一般，念叨着“想出国留学”，可家里出不起这个钱。父母强迫他学习法律，但他对父亲说法律不行，学来没用，自己有更重要的事情要做，还说世上的无聊电影太多太多，带有政治宣传意图的电影、对巨额资本有益的信息等东西被广泛散布，就会进一步加剧世界单一化。

穆罕默德说：

“爸爸，你可能听不明白，但我们对此得进行一些抵制和反抗，这样才会有利于整个世界的发展。而且我可以向世界传播多样化的、饱含诚意的信息。”可是，如此义愤填膺的他上传到网络上的影片却没有显示出丝毫的才气。不过，这只是因为影片中瞄准崭新事物的摄影角度难以把握状况，试图给人启发的台词也前后不一致。然而，对于这种影片，住在美国西海岸，身材肥硕、没有职业，才二十九岁就头发稀疏的埃里克却很欣赏。埃里克根本不具备鉴别力，可他也不是坏人。父母是小财主，虽然不至于让私人银行刮目相看，但也拥有让私人银行谨慎应对的资产。如果埃及那名想要成为电影导演的高中生有这样的父母，他的留学梦或许就可以实现了。之后，他会幡然醒悟自己才能欠缺，最终也未能成为电影导演。

如果被那名美国狙击手射杀的八岁儿童出生在与埃里克同样的环境里，他可能会度过另外一种人生，然后也可能会走上另一种绝路。我脑子里出现的是《美国狙击手》这部电影中的儿童角色，这部电影是我同葵在情人酒店里一起看的，不，也可能是和其他女性一起看的。但我感觉，如今与女性在一起的回忆全部变成和葵在一起的样子。那间情人酒店的房间可以观看CS卫星电影频道，于是我们看到了电影《美国狙击手》出碟前的版本。看了这部电影后，葵对此有了兴趣，给考察美国军队使用的来复枪的“统整网站”点了赞，之后也经常顺势为网页上的其他内容点赞。某名中年男子对自己所属组织中的不正之风视而不见，却对国家的权力运行满腹牢骚，葵也对此点赞。生存在地球的另一边，甚至感觉不到自己被剥削，得不到任何教育，被父母传染上疾病死去的孩子。专门为了出售脏器而生下的孩子，以及凭此获取利益糊口的贫民。在那些贫民劳动的钻石采掘场，时不时挖掘出的、价值超百万美金的巨大原石——这种碳在被切割成多面体后由资本家买去。获赠钻石的新娘总觉得即将从订婚迈向婚姻的自己有些不对劲。这个新娘有轻微的婚前恐惧症，甚至认为长满雀斑、模样不俊的妹妹看起来幸福得不得了。明明自己更美、更有学问、更有钱，可总觉得哪里还不够好，妹妹却拥有自己缺少的东西。但这一切，她都无人可以倾诉。如果说出这些不满，她会被人指责“自虐式炫耀”。当妹妹和未来的夫婿工作时，她坐在干净整洁、摆满高档家具的客厅里，为埃里克制作的统整网站上登载的内容痛心，为被美国狙击手射杀的孩子们难过，为在钻石矿山里劳作的孩子们心痛。

废话充斥着整个行星。埃里克对所有一切都加以点赞。

“你的网站很受欢迎。”我发了一条信息给他，他爽快地回复说“谢谢，朋友”。为了支撑埃里克的赘肉与牵挂，不只是现在，大量的血曾在过去流淌。以埃里克在脸书上公开的内容为依据，他的家族应该属于清教徒早期移民，即最早到达美国的移民。这群人从英国跨海来到美洲大陆时，有大量人死在了船上。埃里克每天要做的事，除了转发就是点赞，如果埃里克也是那批移民中的一人，可能早就死了吧。

我曾用英语问他：“关于这点，你怎么想？”

他回复我说：“朋友，确实如此哟。感谢伟大的祖先，耶！”

清教徒早期移民的子孙们从原住民手中抢夺土地，一边分配这些土地，一边构建民有、民治、民享的政治。如果“过去”没有过非人道的行为，那么现在就必须实现这种非人道。就像填补空格一样，必须使所有组成部分都得以完备。即便放置不理，最终也将完成。现在仍在发生的悲剧，就是补足世界缺憾的组成部分。人类早晚会理解这一点，进而将阻止一个又一个悲剧的发生。世界正一步步接近完成，早晚会得出无法超越的最终结论。

我还在流泪。水上为美希子替身预定的店少见地安排在了高楼层，那是一家位于高层建筑五十楼的餐馆。水上捂着嘴巴去了洗手间，我和美希子两人坐在桌边。这大概是第三十位美希子了。

美希子用愕然的眼神看着流泪的我，我向她大概解释说“我酒后爱哭”，可她只是“啊”了一下，反应冷淡。这次的美希子是所有“美希子”中最冷淡的一位。看样子，她想回去了。也难怪，迄今为止的美希子都太温柔，太容易交往了。再说，和这场游戏刚刚启动时的情况不同，我和水上原因不明的疾病现在都复发了。对女性来说，和我俩见面纯属浪费时间。

话虽这么说，感觉什么都不说也挺失礼，我一边用手帕擦眼睛，一边找话题聊，

“今天上班了吧。”

“嗯。”回答依旧很冷淡。

“做什么工作？”

“行政业务方面的。”

“哦，这样啊。工作内容呢？”

“工作内容？啊，跟医疗有关。水上还没出来呀。”

美希子朝洗手间方向望去，同时夸耀似的抬起手臂，并将手腕凑到眼前看表。哎呀，竟然还有这么一天，还有这样的美希子。我极为郁闷地转移视线，从美希子背后的窗口看到了东京天空树，却想不出能够缓解尴尬的话题。过了一会儿，水上从洗手间回来了，我紧接着去了洗手间。洗手间很小，只装了镜子，我静静地观察从自己双眼流

出的眼泪——那几乎不含盐分，好似纯净水的眼泪。眼泪先在眼角聚集，接着溢出眼眶，然后干净地顺着脸颊流下。虽然来自自己的体内，在我看来却宛若雨雪般的自然现象。这样看着它时，眼泪停了下来。我不由得望向玻璃窗外的夜景，一边找寻天空树，一边走回座位。美希子已经不在了。

水上脸上露出了淡淡的笑容，轻轻摇了摇头。即便不解释，我也大概明白了。水上说“可以开始今晚的反思会了，尽管好像有点早了，我们随便聊些什么，直到把这些红酒喝完吧”。我坐回椅子上，说了句“是啊”表示同意。要说点什么呢？

“说点废话吧。”水上斜举着红酒杯，脸朝向一侧。

“你除了废话，会说别的吗？”我随便应道。

“确实。”水上稍稍抬起下巴，用右手摩挲着喉结。

水上视线的尽头是闪着红色光芒的东京塔。

“塔和思考密度，谈谈这个怎么样？”

“思考密度？”

“这个城市，有两座塔。”水上说着环视周围，他这次看到的是东京天空树，“东京塔和东京天空树。东京塔在大概六十年前建成，天空树是几年前才建好的。两座塔高度差很多，天空树比东京塔高出近一倍。六十年前还建不成那么高的塔，你说这是为什么？”

“是技术方面的问题吧？”

“粗略地说，”水上说完又呷了一口红酒，“是行星整体的思考密度提高了。这个行星的容积和质量始终没有变化，可建成的塔明显增高了。比如，一千年前是建五层高的塔，对吧？不到一百米高。人作为有智慧的生命，数量增加，通信手段和计算机技术也高度发达，而记录过去的信息也日益充实复杂，行星整体的思考密度因此而提高了。塔的建造高度和这点是成正比的。”

水上说完，将原本投向窗外的视线缓缓移向了我。

“接下来到你说了。”

“也行吧，我说点什么好呢？”

“你又不是小孩子，自己想想吧，”说完这句话，水上就用手指弹了一下红酒杯，小声嘟哝了一句，“也好，就讲讲还未讲完的美希子的故事吧！”

“你对美希子真是格外执着啊！”

“那也是因为你执着啊。”

“我可不执着。”倒不如说，我也为自己从未执着过这点感到奇怪。

“执着不起来？这是怎么回事？”

我似乎将心中暗自思忖的事情一下讲了出来，可能是有点醉了，我感觉视线之内一片昏暗，眼前的桌布、放刀叉的盒子，看起来都像假的一样。

“就字面意思。怎么说呢，无法产生与现实相符的感情。”

头很重。有一种压迫感，好似脑子里被强行塞进了巨大空白一般。水上小说中的“小窗口”一下浮现在脑海中。可能因为地震被埋时一直受困于那种概念，我从而错失了设身处地思考美希子处境的时机。

“喂，别发愣啊！你不是又在思考美希子的事了吧？”

“傻瓜。”我在想“小窗口”呢——可刚要这么说，我就发现这样回答也很傻。实际怎样另当别论，疼痛之外只有巨大的记忆空白。不只对美希子，我对任何事物都不会产生执念。我就是这么一种性格。可我在任务性地记起这些往事时，美希子还是被放进为我提供幻想和兴奋的材料空间里了。

“变成肉馅儿了，”水上说，“你的感情被绞得粉碎，散落在四面八方。不仅仅是你，如今大部分人都是这样，极其复杂。不过，只要你留意的话，就可以感知到任何事情。而且也可以理解它。”

我想插一句“你在说些什么呀”，可连插嘴的机会都没有。水上不停地说着：

“可能你觉得我说这些很奇怪，但这是真的。写文章时，哪些是真的，哪些不是真的，自然就清楚了。”水上将盛着红酒的酒杯随手放下，注视着我的眼睛，“我之所以写作，是为了控制呕吐，不得不写。是的，难道不是你让我活下去的吗？算了。对你，对现在的你说这些也没用。只是让我说几句自己的实际感受吧。一直写下去的话，感觉很快就钻入了自己的体内，一个小小的我一点一点地剥开我的皮肤。如此快速往里钻时，我也搞不清了，前端究竟是我体内，还是体外某处遥远的地方呢？与思考比较接近的词语排列在那里，于是我就把它们连接在了一起。我知道每节之间都存在看不见的衔接点。我也明白，哪个词应该与哪个地方连在一起。我并不是想做这些事。不公平啊，难道不是你把生命强加给我的吗？为什么我不可以把生命回归到零呢？假如回到了零，我应该随时可以把它恢复成一吧？那样才是所谓的公平啊。不过算了，至少……”

水上再次拿起酒杯，一口喝干了杯中的红色液体，接着说：“至少，我写东西的时候不想吐。”

与水上分开后，我就从新宿往九段下的方向走了。我边走边用LINE给葵发信息。地震场景似乎要在脑海里回放了，内心难以平静，我强烈感觉到必须采取应对办法。葵一直没看我的信息，我正焦躁不安时，看到了“已读”的标识，可之后没有任何回应。我拨去了电话，她也没接。

我不需要知道信息是否已经被读。当然，已读状态仅仅代表信息曾经在画面上显示过，但是否真的被阅读了，无从知晓，可能只是显示在画面上，实际上没有被阅读。不过我的信息只是一小段文字，对方看到的那一瞬间就应该明白内容了吧，还是被读过的可能性更大。不，也有可能是葵之外的某个人打开了信息。葵的账号可能正由葵之外的某个人使用。那也不是没有可能的，就像葵把自己的脸书账号给我了一样，说不定葵觉得“老是掩饰这个那个的，太麻烦了”，于是把自己的LINE账号也给了某人使用。

我无法控制自己胡思乱想，于是随便进了一家咖啡馆，登录了葵的脸书，开始翻看她过去的信息。葵与朋友的交往随意性很大，有时几乎不与任何人联系，有时每天都在跟人互动。朋友中联系最久的是和她同一期进入公司的须贺美香，一个名字叫起来清脆悦耳的职场女性。虽说是同一期，但须贺美香年龄要大两岁。我浏览须贺美香的推文，看得出她经常去海外旅行，去的多是南部岛屿，如塞班岛、夏威夷岛这些地方。她有的照片身着泳衣，在阳光下暴露着晒黑的皮肤和紧致的身体，与白人站成一排还竖着大拇指，也有在海边喝着鸡尾酒、背对着镜头的照片。须贺美香好像和葵是不同的类型，我这么想着，继续往后翻她的照片，发现了她和葵的合影。葵穿着泳衣，站在须贺美香的身旁，摆着胜利的手势，照片里还有一名外国人。看着看着我就觉得所有一切都是因为须贺美香不好。当我正按照片拍摄日期搜索葵那天的动态时，iPhone 6晃动了，画面上弹出了葵发来的信息。

“抱歉，回复迟了。这周的话，明天或星期五有时间。”

看到信息，我一下豁然开朗，什么须贺美香，爱怎样怎样去。

“这样啊。不过周五我有安排，只能明天了。你几点可以到？”我输完这几句话就感觉“不过周五我有安排”纯属睁眼说瞎话，而且“可以到”这几个字用的竟然是片假名，这也让人感觉有点冷漠吧？可还没来得及深刻反省，发出的信息就显示“已读”，并且很快收到了回复。

“好的。明天晚上八点以后，只要是银座线沿线的酒店都行。”第二天，我快速吃完晚餐，乘出租车去了酒店，在进行了不以繁殖为目的两轮亲热后，迷迷糊糊睡着了。

我和葵一起看她的脸书。葵躺在床上，指着人数剧增的朋友中的一个说：“这个人很厉害，来自阿拉伯联合酋长国，只在课本上看到过这个国家呢。他是我的朋友，马里阿姆。你对远方的人更感兴趣吧？”

“不，也不是啦。至少迪拜我还是知道的啦。”我想尽量就这么迷迷糊糊地躺下去，便随口打岔。

“还有，我的朋友是不是多了好多？”

“五千人了，可能会被当成某种专业人士。”

“那倒是，大家都会觉得奇怪吧？”

“比如须贺美香吗？”

“是啊是啊，你连她都知道啊。不过知道太多，心里也不舒服吧。”

“反正我经常用你的账号进你的脸书啦。”

“你是喜欢我的吧？”

“我喜欢挺多人的。感情越分散，就越容易融进这个世界。我现在可以说的是，假如现实生活中存在轮回转生这种事情，我在假设在几世之后遇到自己最爱的人。”

“这是什么痴心妄想，讨厌。”

“拿我来说，美希子就是一个起点，我感觉在连接美希子和你的延长线上有我最爱的那个人。所以严格来说，我想我并非绝对喜欢你，不过现在这一刻可以说是喜欢你的。”

“我说你啊，到底把人当成什么儿戏了？”

“我觉得大家都一样，幸福就可以了。”

“我说，这么认真问这个问题的女人也就只有我了。”

“我知道啊。所以我喜欢你啊。”

“现在这一刻吗？”

“是的。现在这一刻我爱你的理解能力。”

“哦。说实话，现在这一刻我很累。我已经不想再扮得人模人样了。本来就不是这个样子，感觉像是被束缚住了。其实我想更加自由，我觉得自己应该像浮云一样。可为了生存，不得不消耗几乎整个人生。”

“我觉得比起过去，现在好多了。”

“也是，不过还远远不够，不是吗？要关注每月的销售额，依此领工资，工资都是电子数据，然后用电子数据买食品，持续摄取卡路里。不一直这样，就无法扮成人的样子。”

“你想继续扮下去？”

“也不是。可这不是必须的任务吗？”

“跟以前相比，做事不需要花费太多力气了。”

“洗衣服也是使用全自动洗衣机，连扫地机器人都有了。”

“今后肯定会越来越自动化，超过一定的临界值，有钱人就可以几乎没有任何痛苦地活下去了。”

“就算这样，他们也会有苦恼吧？”

“要是经常自寻烦恼，那就麻烦了。因为他们已经可以照惰性生存了，最好还是降低头脑的规格吧。因为也不需要再产生什么新想法了。大家都变成埃里克那样就好了。”

“埃里克？”

耶！

“埃里克不管遇到什么都不会灰心丧气。再怎么失败都能迅速站起来，立刻向下一件事发起挑战。他能在推特转发他人的文章、给人点赞就能快乐地活下去，会用别人准备好的工具。但是，且不说他自己不会制作，他也不在使用上花太多心思。他虽然也为很多事发愁，但因为脑子不太好用，想这想那时，就把烦恼忘得一干二净。瘦下来外表也看得过去，但他觉得这不是什么大不了的事。打扫卫生的话，扫地机可以帮忙。”

“你在说什么啊？”

在脸书上“你的好友”一栏里，可以追溯到埃里克。阿拉伯联合酋长国外表英俊的马里阿姆，他堂兄留学时的同学是埃及那名高中生的哥哥，埃里克和那名高中生是好友。而且，我用葵的账号冒充葵向埃里克发了好友申请，他便立刻加我为好友，所以他也是葵的好友。他是一位竖起拇指，笑得很阳光，看起来无忧无虑的白人男子。

“我和埃里克不也是好友关系嘛。”因为埃里克将脸书和推特捆绑使用，所以埃里克在推特转发的很多文章，葵的首页里都看得到。葵对每一篇转发都会点赞。她是埃里克的超级粉丝。对于埃里克，葵这么写道：

“当所有事物都自动化了，所有人都可以靠一个按键装置度过一生的话，大家就会像埃里克·博登一样，仅仅转发推特的文章就可以过日子了。人们会把这种世界叫作乐园吧。”葵这段留言的“埃里克”这几个字上，可以外链到埃里克主页，只要一点击，就可以跳转到埃里克的主页。葵的这段留言一共收获了三十六个赞，对葵有好感的那位年轻男同事也评价“葵的发言很有哲学性”。埃里克也为葵的推文点了个赞。

*

田边从废墟中被救出，死里逃生，后来被朋友水上问起过在地震中的遭遇。他对水上说，自己被埋在瓦砾中时，曾感觉自己化成了“小窗口”，完全没有考虑到身处同一栋大楼的美希子的安危，也几乎没有想到家人和朋友。“无论如何也要离开这里，从这里出去”这种强烈欲望支配着他的意识，那些仿佛都离自己“太近了”。那时，**田边**尽可能地想着远方的事情。

关于从其他小窗口看到了什么，**田边**总说“不记得了”，没说多少。**田边**在还是处男的十七岁时就拥有了“小窗口”这种概念，大概是因为极度的痛苦对他造成了刺激。但二十一年后的世界，网络技术迅速发展，在社交网络服务中称霸的脸书，以及在微型博客中占有最大市场份额的推特等社交网络，也映射出世界上各种各样“小窗口”的风景，无论是谁都可以窥探别的“小窗口”——比如住在加利福尼亚的埃里克·博登。

肤浅的埃里克在网上冲浪时会发现“小窗口”们的发言，但他不做任何消化处理就直接逐一转发。埃里克转发的东西涉及很多不同的领域，如关于美国中央银行战略的中期预测，有关这一预测对各个行业产生影响的考察，美国橄榄球的比赛结果，奔驰新型车的试驾报告，关于巴黎极端事件的调查，随后转发的是最近刚刚发生的尼日利亚极端事件的详情。这些转发内容在埃里克看来，前后都有关联。他转发的还有关于美国投保差距的记录，未加入保险的老年人因无法接受正规医疗服务而在城市的某个角落等待死神降临的报道，身患糖尿病的患者眼神绝望地坐在电视机前的抓拍。接着还有关于在发达国家发生的随机杀人事件的分析报道，美国持续发生的持枪乱射事件，东京池袋的连环杀人伤人事件，欧洲连续发生的极端事件，在澳大利亚新发现的原始人骸骨，等等。埃里克在美国西海岸富人区的独栋住宅里，在父母的庇佑下，连续不断地转发着这些东西。

与此同时，已经三十八岁的**田边**正凝视着自己那张映在情人酒店天花板镜子中的脸。他突然被一种感觉俘获：难道一切不是十七岁的自己被埋在瓦砾中时的妄想吗？他试图安抚自己，是啊，这不过是心理创伤的常见表现而已。但是，现在**田边**的左腿又开始轻微地疼痛起来。摇晃的视线尽头有面镜子，镜子映照着裸露的他，镜子中的**田边**炫耀似的大幅度左右摇摆着身体，向床上的自己靠近。**田边**的视野被自己瘦削的脸占得满满的。

就在这时，镜子中的脸与真实的脸之间，有条信息滑过。是埃里克转发的。

那条信息的开头写着“想想吧”。

“你只能做到这点了，不是吗？现在不想，接下来怎么办？因为不管你多想蒙混过关，你都是被埋在下面等死呢。”

转发的信息不停飞来，比埃里克拥有更强的信息处理能力的**田边**，也无法弄清这些信息都写了什么。可是，埃里克完全不当回事，连续不断地转发着信息。很快，充斥整个房间的转发信息从四面八方向**田边**压迫而来，搞得**田边**想要呕吐，可嘴巴也被信息塞满了，吐也吐不出来。

田边吐不出来，朋友水上却去洗手间吐了。一不留神，情人酒店天花板上的镜子和埃里克转发的信息幻影都突然消失不见了。于是**田边**放下心来，太好了，果然都是些粗糙的妄想。他明白过来，自己现在身处高层建筑五十楼的意大利餐馆，松了一口气。自己对面的女子在**田边**被妄想困住的时候已经很不高兴了。侍酒师手拿红酒单出现了，劝**田边**挑选第二支红酒。侍酒师今天推荐两种红酒，一种是距离意大利边境很近的法国乡村生产的红酒，果味较浓；另一种是智利生产的，用木桶发酵成熟的、单宁含量较高的红酒。他先点了第一种，就是那产地离国境很近的红酒。那位不耐烦的女士回去后，他们点了第三支红酒，是那种单宁含量较高的酒。两人大口大口地喝着。水上说了些话后一直在笑。**田边**没听懂，反问他。这时，**田边**和水上之间又插入了埃里克转发的信息幻影。**田边**的红酒杯被埃里克转发的信息边角弹飞、摔碎了。啊，**田边**心想，这种情况不可能是现实啊。这又究竟是怎么回事呢？是自己醉得太厉害吗？**田边**张开嘴，正想问自己是不是满脸通红？可埃里克朝着**田边**的脸颊砸过来一条信息。信息边框的凸出处刺进了**田边**的口中。

“你无法从那里出来。”

这本来是水上发的信息，可是被远在加利福尼亚的埃里克从大老远的地方转发，迎面砸了过来。

“可这么行吗？是你自己选择这么做的，说自己经常回这里。那时你拒绝升往高处。为什么？明明所有人都讨厌回到被埋的状态啊。尼日利亚的少女也一样啊，因为讨厌这点才做出了选择。因为比起一直受折磨，还是一了百了来得轻松。”

田边也不知道他说的“那时”是指什么时候。无论水上想说什么，**田边**都不打算认真听。可是，就像读懂了**田边**的想法一般，埃里克不停地转发水上的信息。

“总之呢，你又回到被埋的状态里了。你还没被救出来。你被埋在瓦砾中，因为过度畏惧死亡，所以时间和空间飞逝，你一直在想象着很久很久之后的事。三十多岁的你进而穿越，看破了人类终结前的所有事象。你的想象力真是不得了。世界或许正如你幻想的那般向前进。可是呢，你也和我们一样，说到底只不过是一个在深夜出生的野蛮人而已。生活在你想象的未来世界里的他们，可能现在正嘲讽地看着你呢。也可能是怜悯吧。可怜的美希子就被埋在你的附近，用他们的话来说，美希子和你没什么不同。你们都没有从天生的个人躯壳里挣脱出来。你们都是可怜的野蛮人，一生都在体味自己仅此一次的悲惨人生。从物理学的角度来讲，即便你从瓦砾中被救了出来，实质也没有发生改变。”

加利福尼亚的埃里克试图用谷歌将日语的信息翻译成英语再阅读，但文章的语序发生了变化，埃里克读不懂。本来嘛，即便水上用完美的英语写出来，埃里克也没有相应的理解能力。埃里克一边困窘地笑，一边看看**田边**。虽然看起来他是理解了，想听听**田边**的意见，但其实他只是装出这副样子而已。目前为止，埃里克就是一直模仿着他人的行为举止过日子的。

“喂，你看。埃里克想让你教一下他。其实你也已经发现了吧？”

水上将散乱飞来的转发信息推开，抓着玻璃水杯塞到**田边**手里。

水上的左眼出现了严重的痉挛。

“**有没有在听？**”水上大声喊，声音响彻整个餐馆，大家都看了过来，正在上菜的服务生也两手端着托盘站住不动了。水上探出身体，把脸伸向田边，鼻子都要贴到田边脸上了，他注视着田边的眼睛。

“**你**呀**你**，我对**你**说，**你**这个把可怜的野蛮人当作小窗口在观察、还没成熟的、正在形成气候的人啊。对**你**来说，每个人都没什么不同吧？说到底一切都是手段而已。”

“别说了。”**田边**说，企图从座位上站起来，但被水上伸手按住了，“你要干吗，水上？”

“我只是说说你心里想的东西而已啊。”

“本来埃里克也不在这里吧？”

水上哈哈地笑了。旁边座位上的一对男女好似没听到他们的吼声一般，继续安静地用餐。窗户外面，可以看到有着东京天空树和东京塔的夜景。**田边**想回到现实场景中来，仔细地观察着周围。白色桌布上有自己染上的红酒印，自己刚刚咬了一口的奶酪，还有自己的唾液在红酒杯杯口上留下的印迹。

“你再怎么观察也没用。”

田边朝声音发出的方向望去，发现水上的脸上有几道痕迹。接着，由于受重力牵引，包含痉挛的左眼在内的碎片从他脸上剥落了下来。

“不显现时就看不到，显现时就看得到。不过，是因为你的执念太深了。你一边声称对生绝望，一边又用这份绝望维持着对生的执着。你的身体被活埋在瓦砾中，心里却想象着复杂的未来图像。”

“活埋？”

“就是那样啊。”

没过一会儿，坐在椅子上的水上变成破片，身体的各个部分都啪嗒啪嗒地落在了地板上。可即便这样，从椅面上还是传来了声音。

“你到现在都不承认这点吧。你真的执念太深了。”

田边左腿的疼痛没有消失，而且越来越疼，像是一种不祥预感似的。**田边**试图远离疼痛，拼命在想自己置身的环境不过是一种可能性，自己只是从叫作**田边**的小窗口心血来潮地窥视了一下世界，其实自己并不在这里。在与现实世界不同的其他空间里，存在着作为认识主体的“**我**”。**田边**这个人的几乎所有部分都是可以被替代的，将所有能够被替代的部分清除掉之后，剩下的便是“**我**”了。“**我**”也能够从**田边**以外的小窗口里窥探世界，那是在这个行星上广泛存在的众多小窗口。**我**就是散落在世界各地的男人、女人、孩子和老人。**我**是住在曼谷的一个家庭主妇，心里想着该洗衣服了，却怎么也无法从椅子上站起来，虽然老想买一张新餐桌，但一直用着丈夫做的那张快散架的桌子。或者说**我**是住在莫斯科郊外的一名倔强男子，总会在下班后买一些妻子交代的东西，可两天里总有一天会漏掉些什么，因此惹得妻子生气，本来可以在走出超市前打电话向妻子确认一下的，可我连这个都想不起来，于是只好边在雪地里驾驶汽车边焦躁地想“没漏买什么吧”。又或者，**我**是伊斯坦布尔一名瘦弱的年轻人，因为沟通能力太差，无法和任何人正常交流，为了消除这种自卑，我加入了危险组织，作为肃清组织的一种方式，大家会欺凌同为组织成员的某个女性，**我**在事后非常后悔，为什么自己要干出这种事？可那并不是在忏悔，而是担心自己染病。

我就这样来回看着各个小窗口，突然发现，不知何故，**我**又和**田边**重叠到了一起。作为**田边**的**我**试图从瓦砾中逃出，可每动一下，卡在瓦砾中的腿就会剧痛。**我**努力想从**田边**中脱离出来，但未能如愿。疼，腿疼，身体极端地缺水。视野里一片漆黑，什么都看不见。尘埃堵住了喉咙，**我**几乎窒息。虽然**我**不只是**田边**一个人，却无法从他身上抽离。**田边**不肯离开我，怎么办呢？这样下去**我**会死掉的。**我**不想死**我**不想死**我**不想死**我**不想死**我**不想死**我**不想死，**我**在心里默念。这算什么？**我**不想待在这里。放**我**出去，快点把**我**放出去。头莫名其妙地变得很重。**田边**的头部有很大的吸引力，将**我**拉向了他。

想想吧，**田边**的思考萦绕着我的大脑。我提高了思考的密度。想想吧，想想，想想，被埋在瓦砾中的你，也只能做这件事了啊，对吧？

如果横竖都是死，那么在死之前，就竭尽所能地思考吧。面临死亡，即便身体即将腐烂，思考却可以继续。思考吧，竭尽所能地思考。无论是未来要发生的事，还是马上要发生的、不愿视而不见的残酷之事，作为田边的我此时就在这里让其全部终结。没有商量的余地，不留任何痕迹地终结。可能是百年之后的事，也可能是十万年之后的事，所有一切，我都在这个地方寸步不移地吸入体内。

在**我**和**田边**的思考重合的地方耸立着有一座巨大的塔。**我**清楚这点。一座高高的，一直向上延伸的，穿过大气层的，高高耸立的巨大的塔。一座象征着隐藏在每个人大脑某处角落里的梦想一般的、高大而美丽的塔。

如果可以让这座美丽的塔高高地耸立起来，**我**愿意做任何事。**我**知道这是每个小窗口的共同心愿。因为反正每个人最终都会死去，每个个体都是毫无意义的存在，都是不值一提的，可以被无限取代的东西。穷人一生贫穷，丑陋永远丑陋，愚蠢之人也会愚蠢地死去。

为了能让塔尽可能地伸向高处，危险分子恐吓抢来的少女们，命令她们赴死。少女一边抽泣，一边将危险物卷上身体。没有经历过大事的少女们因为缺少构思未来的能力，在稍稍犹豫之后，只好点燃导火线。导火线在一点点燃烧，危险物被引爆，少女们死去。可塔不会因此而增高，因为**我**已经看清那种老套的残暴了。

我试图想出更残暴的方式，头越来越重，头盖骨无法忍受自己释放出的重力，最终**我**被压碎了。失去了体积，**我**变成重力本身。**我**的身体被吸了进去，被重力拉扯着的塔尖在那想要伸长的箭头处脆弱地崩坏了，慢慢地，仿佛蠕动一般。

可是，重力并未离开塔。

*

“我等了好久。”就像我曾经说过的一样，美希子变成一个满脸皱纹的老奶奶，穿着一套白色的干净睡衣，细细的手腕上插着输液针。

“那段时间我跟一个差劲的男人发生了关系。”

“没办法啊，”**我**一边回答，一边抚摸美希子变得花白的头发，细发比看上去要滋润，“我也差不多。”

“我们的约定，你遵守了吗？”

“当然，因为没有我做不到的事情啊。为了约定，我甚至特意变成了重力。”

“嗯，我真的同一个无聊的男人睡了，跟他还不如跟癞蛤蟆睡呢。”

“你反倒对癞蛤蟆更感兴趣？”

“饭也不能吃，还漏过几次大便，就像婴儿一样。惹得家人全部讨厌我了。”

“是吗？不过那也不是什么大不了的事啊。如果能被某人牵挂，哪怕只有一瞬间也好啊。”

“对了。”

“嗯？”

“不要弄痛我！”

“当然。我们有约定。”

“对了”

“嗯？”

“你怎么哭了？”

“我哭了？”

“明白了。你经常这样，替某个地方的某个人流泪。”

“不是啦。”

“不是？”

“这是为你而哭的。”

“为我？”

“是的，我现在流泪，只为眼前的你。”

“这样啊。”

“嗯。”

“对了，我过去还特别漂亮的时候，曾想要陪你睡一次呢。”

“不用在意。那样的对象我现在还是有几个的。而且，今后跟你还有很多美好的事情呢。”

*

我躲在写字楼的洗手间里，用工作用的电脑看与葵最近互发的信息。我发出的最后一条信息虽然标识了“已读”，但没有收到葵的回复。

昨晚，我梦见了美希子。好久没做梦了。可能是受这个梦的影响，今天早晨开始，我就一直在想葵。葵没有回复我的信息。算了，我看向一旁公布的有关销售进展顺利的资料，得思考下午开会的发言内容了。现在刚好是开拓新销售渠道第一个半期结束的重要时间点，但就算只说些鼓劲儿的话，如“不会卖不出去的”，最后多半会把气氛搞得尴尬。我决定听完部下的汇报之后，只简单说一两句，比如“一份合同都没签成的销售随后个别面谈就好了”，这么省事地应付过去。干这行十几年了，我已经形成了自己的工作模式。我经常觉得不可思议的是，明明是各不相同的人，一起回顾一年的情况时才发现自己的精神状态与行为举止竟然如实地反映到了结果上。当然，结果出现之前会有时间差。因为是以法人为销售对象的商品，短则三个月，通常要半年以上才能看到结果。不过一看结果，就会清楚发现自己集中精力做了什么，比较关注哪里。

还没收到葵的回复，我无法平静下来，又登录了葵的脸书，看到了水上发给葵的信息。前几天和我在神保町喝酒时，水上最终也没找到新的美希子，于是就向葵发出了邀请。我还以为水上肯定也知道，葵以美希子的名义出现之后，我和她就经常见面了，可他看起来不像知道这一点。葵看过水上的邀请之后也没有回复。

“你现在进入我的脸书页面了，对吧？”

突然，在葵的首页里出现了这样一行文字。葵与我好像同时登录了她的脸书页面。

“你不理我，好寂寞。”

“现在在开会，没办法看时间安排，等下告诉你。如果有空，就在我脸书里玩吧。”

“好的，我就是这么干的。”

“对了，你今天流泪了吗？”

“啊，说实话，刚刚开始就止不住，现在躲在洗手间里呢。”

怎么回事啊？今天比平时的眼泪多很多，让我一下想起了“决堤”这个常用的词语。眼泪顺着脸颊滑下，滴滴答答地落在了洗手池里蓄起来的水里。我可能还是早点回去好。

葵在下一周的某天晚上告诉我她怀孕了，当时我们在靖国大道沿途的一间咖啡馆里。从那座两层楼建筑的座位上能看到千鸟渊沿岸的樱花树。

我把葵怀孕的消息告诉了水上。

水上殷勤地回复“那不安排美希子也可以了吧”，又不是我让他安排的，这话说得好像是我在勉强他做这件事似的，让我有些生气。水上提议，为了纪念“寻找美希子替身游戏”的结束，约上也和美希子见过面的田中，三个人一起去喝酒。水上接着又说了一句，要我把他在脸书上的小说看完，以作为这次喝酒讨论的话题。

约定地点在新宿三丁目的一家日式酒馆。我比约定时间晚了一点到。拉开包间的拉门，我看到田中已经到了，正和水上聊得起劲。黑色榻榻米上并排放着几个小灯笼，是一家很时尚的酒馆。我习惯性地往旁边看有没有女性在场，这次美希子不在。

他俩聊了什么，怎么聊的，按什么顺序聊的，我都不知道，不过田中好像已经大致把握我和水上的关系以及“寻找美希子替身游戏”的要点了。这次聚会可以说有点恶作剧的味道，不过田中已不是当年的处男，所以也没特别见怪。他还认真地读了水上的小说。

我们边喝边聊，当然不会只谈美希子。田中所在公司的领导是水上的熟人，我们也谈到了那个人，还聊到了水上的女儿。日常生活真的也有很多话题。可我和水上两个人或者加上美希子三个人的时候都没有感觉到。后来我们聊到了小时候流行的玩具和漫画，又自此回忆起水上读大学时参加挑战联谊会次数极限的事情，一时聊得很兴奋。聊着聊着，田中一边留意我的反应，一边说起高中记忆中的一个女孩。那是一个从东京转学过来的女孩，头发长长的，说不清是哪点，感觉她有些飘逸。我虽然感觉他在说美希子，但没做特别表示，一边呷杜松子奎宁鸡尾酒，一边随声附和他的话。

“她对我说她什么都能做到。这话听起来很傻，不过现在我还时不时想起来。她也对你说过类似的话吧？看了水上的小说，我很惊讶，还以为说的是我呢。”

我很想问问田中，他和美希子到底发展到了哪一步。我自以为表现得若无其事，但可能有些露馅儿了。根据田中刚刚说的，他的初次性行为发生在大学二年级的集训时，所以我感觉他与美希子不可能发展到了那一步。可他们接过吻吗？有过身体接触吗？我开着玩笑问了他。田中说记不清了，没有具体交代，我直觉他在撒谎，可也没再说什么。或许除了我和田中外，还有不少男人对美希子有类似的记忆吧。

“听你们聊，我发现美希子是一个很擅长交际、应酬的女孩子啊。

她会吸引很多男孩子的关注，然后从中挑选好的。如果美希子现在出现在眼前，你瞬间就沦陷了吧。”田中赶末班车回去了。之后我和水上两个人继续喝酒时，他边笑边说。

“不过呢，多亏你们的故事，我得到了很多乐趣，看似也能写出一部好作品，而且暂时也不会呕吐了。”

水上看起来真的很开心。虽然我觉得自己被耍了，不过，既然有人受益，也算可以。我呷着酒，感觉没什么可聊的了，于是把水上在脸书上发的小说的最后一章又看了一遍。虽然不太记得当时被埋的情况，但越来越觉得水上写的就是真的。

那篇文章没有任何人点赞，连最爱率先点赞的埃里克也没点赞。我觉得有点奇怪，打开了埃里克的网页，结果发现有一条推文——“埃里克死了”。那是埃里克的母亲发布的。她接着写道，要把这个脸书账号留着，作为埃里克的墓碑。

“患有儿童癌症、先天性心脏病。我的儿子埃里克一直在和病魔作斗争。出生时，医生说他活不到成年。如今想起，恍如昨日。

“可是，埃里克一直活到了二十九岁，或许他未能做完自己想做的事，但他很努力地度过了他短暂的一生。我把埃里克留给大家的遗言发在这里。埃里克是我们的天使。”

所有人，我爱你们。
世界，我爱你。
虽然充斥着污秽，
但如果可以，

我愿意无数次地来到人间。

我抬起头，与表情诧异的水上目光交汇。我把 iPhone6 朝他递去，画面上显示着埃里克的最后遗言。水上将右手中的酒杯放到桌子上，从我手上夺过 iPhone6，盯着画面看了好一阵子，接着就像倒放刚才的动作一般，把手机还给我，然后重新拿起酒杯，呷了一口杜松子奎宁鸡尾酒。

“你孩子的名字，已经确定了吧？”

我们只能通过网络获知埃里克的消息。不过，要是我是以这种方式得知身边某个人去世了，恐怕也哭不出来，可能会有些震惊吧。然而，冷漠的我肯定会令这种消息立刻消融在所有事物之中。

自从在梦里见到已经变为老奶奶的美希子后，地震被埋的场景再也没有闪回过。梦中的对话有些不靠谱，老后的美希子可能经历过的无聊之事、自豪之事、后悔之事、无法忍受的思念，这一切好似都从她的语气和举止中流露了出来。当我往输液瓶里加入的药开始起作用，美希子就没再睁开眼睛了。从这场梦醒来的隔天早晨，我的眼泪突然大量地流出来，之后这一症状一下就停止了。

“会到孩子上小学之前吧，那之前有人替你流眼泪。”

水上像过来人似的那么说道。可能有些不可思议，不过是否有人替我做这件事，时间会知道。

时间是我现在无法控制的东西。我早晚连时间也能控制自如，这一点在水上那不以商业出版为目的的小说中已经提及，那个自称坐标的男子已经流露出了这种气息。可那终究是水上创作的奇谈怪论。美希子很久以前就死了，正如在梦里看到的一样，我并不可能出现在她的临终之际。目前为止，我许下的约定基本都是谎话，往好里说，是没有意义的傻话，我能做的事实在有限。可即便如此，既然也确实存在过一些轻微的回应，那自尊心很强的我永远也不会忘记自己那些无法遵守的约定。

只是，如果严格模仿埃里克的遗言，说出自己的实际感受的话——我没有爱过美希子，目前为止，我没有认真地爱过任何人。

这个先放一边，我得考虑名字问题了。葵说，作为父亲，无论生男生女，我得各提议三个名字，这是义务。这是为那个在葵的体内一直进行细胞分裂的，还不能清楚确定性别的生命取的名字。对于将要出生的孩子来说，什么样的人生最理想呢？虽然只是取名字，但是我在思考时不由得想了很多。不知道孩子生下来会是什么样的。无论健康还是多病，无论美丽还是丑陋，无论聪明还是愚笨，既然要生下来，就不能有太多期待，只能全盘接受这一初始值。不过到人生的最后，本人会留恋一生中发生过的某几件事，并且还愿意再次来到这个世界——希望这个新生命能够度过这样的一生。而名字，哪怕能够帮到他们一点点也好啊。

没有重力的世界

在被特别设置的人生中，我梦到了自己的真实人生，有时是在白日梦里，有时是在浅度睡眠中。我枕在一名关系亲密的女性膝上，闭着眼睛，她轻轻地抚摸着我的头。我在记忆中搜寻这一场景，就像在水中浮浮沉沉着注视前方的水面一般，一幕幕往事便如同波浪起伏般朝我袭来。那人是母亲、祖母，或者姐姐吧。不论是谁，和那位比我年长的女性在一起，我就特别安心。

接着，我听到有人喊我“爸爸，爸爸”，是女儿的声音。女儿懂事后，妻子也开始喊我“爸爸”了。由于设置人生的系统损坏，才出现了这种状况，实际上，我被禁止听到那种喊声。即便如此，我的耳朵仍在寻找女儿的声音。

看到被设置的人生中的儿子，我一下回过神来，不由心生愧疚。妻子在楼上的厨房里。可由于设置系统出了故障，我无意中想起了本应已融入肉海中的真实人生。我发誓，我并非不爱家人。我仅仅是肉海中的一个小小坐标，之所以一下子感知到了这些，可能还是因为设置系统一时状况不佳吧。

“爸爸，爸爸。”

有个孩子在喊我，是女儿，儿子，还是别人家的孩子？我竟然连这个也分辨不出了。在真实的人生和被特别设置的人生中，尽管我都身为人父，但比起关心孩子，我总是一味地考虑自己，净想些诸如我身处的坐标等毫无意义之事。

我很快从梦中醒来。我必须忘掉这个梦。眼下是被设置好的人生，这个孩子是我的儿子。我提醒着自己。儿子手里拿着一个足球，说了句“我要开始颠球了，你要看着”，就从玄关跑了出去。我转移到窗户面向院子的房间，同时想起了妻子和女儿，我们三个好似飘浮在肉海中的等边三角形的三个顶点、坐标，她们则是我之外的另外两个顶点、坐标。球落在了铺路石上，传来砰砰两声。

纱帘和玻璃门都半开着，沙发放在可以看到狭小院子的位置。我坐到沙发上，看儿子练习颠球，看到他噘起来的光润嘴唇，就知道他在数数。一、二、三、四、五、六、七、八，球落地了就重新再来，一、二……窗帘随风摇曳，纱帘隔开了窗内与窗外。

“爸爸，你睡着了吗？”

虽然是白日梦，但我追忆着女儿的声音。真实人生中的妻子不知何时也来到我身边。我将双脚架在三人沙发的扶手上躺了下来，枕在妻子膝上，头被她轻轻抚摸着。女儿蜷卧在小毯子里，手托着下巴，呆呆地望着我。女儿的身高才到我的腰部，所以，这应该是发生在二〇二〇年前后的事，也就是说，这些事和被设置的人生处在同一时间，都发生在现在，二〇二〇年。女儿不太像我，也不太像妻子，女儿当然是在“废除性别”之前出生的，不然，我就识别不出那孩子是女儿了。

球碰到硬物，被砰的弹开了。窗外的儿子气喘吁吁地跑去捡球。他好像很难把球颠到预定的次数。这个画面让我心中为之一暖。那种曾经体会过上亿次的感觉，此刻化为父亲对儿子的特殊感情，在我心头重生。

但这是被设置的人生。现在是二〇二〇年。此后很久，人类融成一体，变成肉海。“历史”早已被废止，肉海高效再现着人类变成肉海之前的真实世界。那是一种被设定好的、具有暗示性的虚幻影像，其变化可以使人类容易生存。我们以手中仅有的“个性”，重新审视“世界上发生的事情”——构成个人的素材大致被分成这两类管理。用组合前的素材管理这一切，我们就能在肉海中一边相互融合，一边以极少的容量得以存在。

此刻，我猛然意识到，那就如同音乐播放列表呀，就像是每个人将音乐下载到自己喜欢的设备这一状态和音乐平台之间的区别。举个例子，比如有七十亿人在使用一个收录了一千五百万首音乐的音乐平台，这时既需要一千五百万首音乐的数据，也需要根据七十亿人的喜好创建个性化的播放列表。如果每个人都在自己的设备上下载自己喜欢的歌曲，那就需要七十亿倍的容量。但通过避免重复的管理，相同的东西可以占少量的容量。

废除“个人”的时候,“个人”这种状态被完全解读了，包括所有DNA的作用，扁桃体发出的信息。脑前额叶的控制机制，神经细胞之间的各种信息传递或其他。通过解读，首先被发现的就是人的个体在独立状态下行动的机制。而且，在被详细分解的过程中，我们发现“世界”和作为世界的感受体的人，即“个人”之间，两者没有明确的界限。因此作为肉海素材的人，在由三次元的坐标轴构成的肉海里，是作为一种坐标，即包含着与他人的关系性的坐标存在着的。不仅是我，我的妻子和女儿也各自拥有她们的坐标。

在我出生之后被废除的东西里面,“个人”是最近才被废除的。在那之前，先被废除的是“性别”和“寿命”。废除了它们，人类才能更加自由平等。肉海赋予作为坐标的人被设置好的人生，让所有人在各自的人生里高效地活着。就算在肉海里面，人依旧和世界保持着联系，继续着思考。可以说，我也是将很久之前的二〇二〇年当作“当下”来体验，并且验证着世界上发生的事情。同时，肉海如同一个巨大的大脑，将剩余的设置资源用来思考未知的事物，然后将它们完全解读，给他们加上一个个相符的名字。

试图给所有事物都冠上名字的肉海，其实还存在理解不了的东西。那究竟是什么呢？我这个活在被设置好的人生里的人是不会明白的。因为系统坏掉了，我才模糊感知到了肉海的一些情况。我将它想象成浮在天空上的正三角形。其实我不可能察觉到这些事情。在秩序井然的肉海里，我坐标周围的系统出现了暂时性的故障，而我，大概因为受了故障的影响，才看到了那个正三角形。估计也是因为这一点，我才意识到了自己只是一个坐标。越靠近正三角形的顶点，那里的颜色就越像被放了色素、变得越来越深的水一样。我感觉我、妻子和女儿的坐标就像那个在肉海里被形象化的正三角形。

“爸爸，作为坐标的爸爸。”女儿虽说还是个小孩，但有时说话尖锐得让人吃惊，“妈妈在叫你。”

跟我说这句话的是在坐标上的女儿。我那在白日梦里看到的、真实人生中的女儿，她的身体变得透明，消失在被拉上一半的白色蕾丝窗帘后。而被设置好的人生中的儿子，则拿着足球站在敞开的落地窗之外。

“在好好看吗？”

我用力地点了一下头，重复着他的话：“有好好看啊。”以此表示我真的在认真看。

“帮我把拖鞋拿过来！”

我靠近窗户对儿子说。他把足球递给我，跑去了门口，很快把蓝色橡胶拖鞋拿了过来。他把拖鞋扔到落地窗的下面，接着抓住了我抛出去的足球。我穿上拖鞋，靠窗坐下，立刻看到了房子与房子之间的天空。云飘浮着，像将天空切开了一样，竟然都是直线型轮廓的积雨云。看到我走出室外，儿子很满意，又开始颠球。一、二、三……

二楼客厅里，被设置好的人生中的妻子咚咚地切菜。这声音我听过好多次了，是世界上常有的声音。世界上的所有妻子做饭时都会发出这种声音。不,“妻子”这个词不恰当，有些丈夫也会将做饭的任务揽在自己身上。而且，这是一个已经废除了性别的世界，因此,“世界上的所有妻子”这种表达并不妥当。只是人与人结成夫妻而已。正确地说，应该是人在做饭，用菜刀切菜，然后发出了咚咚的声音。由于七十亿人在同一个球体中生活，有时这种声音会同步响起。

午饭快做好了。等做好了我就叫上儿子，一起上楼吃饭。我将两脚伸出落地窗外，头枕着从沙发上拿来的坐垫，躺了下来。我闭上眼睛，再睁开时，竟然与真实人生中的妻子四目相对，我大吃一惊。妻子正注视着我的脸，她长长的头发触到了我的脸颊。现在在二楼做饭的妻子脸形瘦削，比较适合短发，而注视着我的、真实人生中的妻子，鼻子和脸部轮廓都比较圆润，更适合长发。妻子默默地笑着，一直抚摸着我的头。

“你刚才叫我吗？”我问。

“一直都在叫啊,”坐标妻子眯着眼说,“孩子爸爸，你没发现呢。”

二楼饭菜的香味飘进鼻腔，应该已经做好饭了。有什么菜呢？或许因为从设置好的人生中走了神，我因此产生了罪恶感，真实人生中的妻子消失了。我觉得这种罪恶感似乎是对已经结束的真实人生的一种不屑。

“我没有，也不想忘记你。”

我又向真实人生中的妻子搭话了。我能感觉到作为坐标的女儿在笑。我试图思考这后面该说的话，但发现已经没有必要再向她们说什么。我还是看看天空吧。和我们三人构成的三角形一模一样的云，依然浮在那里。

儿子颠球失败了，球在地面上滚动的声音传来。小手从落地窗外摇着我的牛仔裤裤脚，往下一看，儿子从我肚子上冒出了头。

“爸爸，你没看着我吗？我可是刷新了纪录。”

他好像终于颠球超过了五十次。我坐起来，两手捧住了他的脸。可因为系统故障，我现在的反应好像太慢了。他满脸不高兴，我却不能回答他。我将儿子的身体转向院子的方向，让他坐在我的大腿上，盯着积雨云。

“没事的，爱所有人也没关系，”我似乎听到了作为坐标的妻子的声音，“我，女儿，你的儿子和妻子，就算是你自己，你讨厌的人和你毫无关系的人，你都可以爱。”

“都可以？”我反问她。妻子和女儿拉着手站在院子的左边，和我一样看着上空。看来我们三个人都在想着同样的事情。

“没错。因为世界已经朝着这个方向发展了啊。再多么细微的爱，都能让它传递到所有地方。性别被废除，国境被废除，寿命被废除，个体被废除，我们不是已经手牵手一起经历过所有阶段了吗？所以才有现在这种状态啊。”

真的是这样吗？我问自己。刚才还在我身上蹭来蹭去的儿子已经离开我，去捡滚到地上的足球了。

“但现在这样就好吗？好像因为系统坏了，所以我才能感觉到你，为我设置的世界已经关闭了，现在似乎只是沿着确定的轨道前行。世界变得狭窄、庸俗，虽然在这里生存没有困难，但人类依旧会思考如何贬低他人，将自己对悲惨人生的不满发泄到别人身上。我真正受不了的是，他们明明对厌恶感视而不见，却用其他低劣的感情去替代厌恶感。”

“可是这种情况，”作为坐标的妻子说，“在寿命被废止之后已经减少了很多啊。现在‘个人’被废除了，更是少见了呀。”

“可在这个被设置好的世界，有必要把现实的丑恶也模拟出来吗？”

“这样做对这个世界有必要啊，肯定的。”

我明白妻子说的这句话是真的。女儿像芭蕾舞者一样踮起脚往院子的右边走去。看着站在院子两边的她们，我也走出了落地窗外。我们就像肉海的坐标一样，连成了一个漂亮的三角形。在那三角形的正中间，我的儿子正在入迷地颠着球。

积雨云。不知道什么时候，我又凝视着上空了。眼睛周围的肌肉酸痛起来。我能听到儿子颠球的声音。儿子和我一样，都是有机物。不，这孩子没有坐标。系统坏了，所以我知道这里是为了支撑人类未来而设置的世界。没有受故障影响的人，应该是感知回路被关闭了。

人类的夙愿是人人平等，且所有人能过上更好的生活，所以他们一直提高在星球生活的性价比，最后得出一个结论：人类没有必要拘泥于原本的自己。人类这一定义不断变化着，所有人都自愿进入了肉海，也有人曾轻视它而抗拒，反正那个时候人类已经不怎么用自己的身体移动了。在肉海里，没有人会遭遇天灾人祸，他们都能保持自我、继续精神活动。到了这个地步，身体就算被简化了也没关系，一旦被转到那个方向，很快就能达到极限了。那个时候，在这个悬浮在虚空的星球上，地表被贴附了一块类似巨脑般的软物质。这个东西能让人类处于历史上最安宁的状态，有效率地进行思考。

正三角形令我非常在意，已经融入肉海的人类还未能给它冠上名字。但是人类作为坐标，使命应该仅仅是“让当下持续下去”。我们支撑着现在，使用余下测算资源的巨脑肉海整体只需要思考未知的事。与家人一起生活的我，最应该考虑这一生将要发生的事。五十八,五十九,六十，接着就是足球滚落在地的声音。儿子好像又失败了。

所有情况被废除之后，就出现了融入肉海的人类，和我同样的人，以及作为记录世界载体的有机物。如果要废除“个人”，必须读取所有记录。因为必须将人类与世界建成对等的关系。

对等？这个问题在我脑海里萦绕不散。

如果不能保持对等，作为感受方就是失败的，其职责就应该让给别的事物。如果人类的目标是永远存续，就必须和世界保持对等关系。如果要废除自然而来的“个人”，就要将个人完全解读。解读的过程不允许有一丝错误。但是，怎么说呢？今时今日，性别、寿命、个人的顺序已先后被废除，人类真的处在一种很好的状态中吗？

“爸爸，爸爸”，儿子的声音传来。真实人生中的妻子和女儿已经从小院里消失了，二楼窗户传来了妻子做的炖菜的香气。明天是周一，只要去公司就得和客户交涉。这些琐细的任务也是让当下持续下去的动力。当我看向还在颠球的儿子时，我感觉有点奇怪。一想到这儿，我立刻就察觉，被踢起的足球下落速度非常慢。儿子配合着缓慢下落的足球，轻轻踢一下，足球又升至空中，然后又像羽毛一样，慢慢地飘了下来。儿子在连续踢了两三次之后，就干脆站住不动了。他转过身来看着我，足球擦过儿子身边落下。我现在才发现被设置好的人生中的妻子站在我的身后。短发的妻子穿着围裙，将头伸出屋檐，仰望着天空。

积雨云，形状像直线画出的三角形。

“爸爸有事情要想，你快进来啦。”妻子对儿子说。

有事情要想？儿子离开了，院子里停着我那辆自行车，认真看的话会发现它没有和地面接触。隔壁停车场里停着的车也是这样。被重力吸引的轮胎应该是瘪了一点的，但现在轮胎是鼓鼓的。系统的故障越来越严重了。你想想，出现正三角形的积雨云本来就很奇怪呀。

“那么，大家一起想想吧。”作为坐标的妻子说。不知何时，妻子和女儿站在了我的两侧，还牵着手。对面那家人正站在阳台仰望天空。我听到附近房屋房门不停开阖。也就是说，现在所有有坐标的人都在看正三角形的积雨云。系统不是坏了吗？

“好好想想吧。我们就是为了这点而存在的。”

浮在空中的积雨云像混了色素的水，颜色自顶端由深变浅，逐渐变成浅蓝色的正三角形。既是人类整体，也是人类个体的肉海现在正回忆起这个正三角形。如果就此终结，是不是就等于人类为了想象这个情景才存在过？

妻子在旁边牵着我的手，紧紧地握了一下我的手指，可能是有什么话想要跟我讲吧。就算她不说出口，我也能感受得到，因为我们的存在是密切相连的。

“我们得继续前进。你成为坐标，女儿成为坐标，我也成了坐标，我们的存在就是为了继续前进吧。现在还只是在路上呢。”

浮在空中的三角形开始分崩离析。在那一瞬间，肉海试图给这个三角形冠上名字。只要冠上合适的名字，它就变得不再神秘了，形状也会随之改变。

“我们还是要继续下一步，对吧？”

长发的妻子摸着我的头说。我回到了房间里，枕在坐在沙发上的她的大腿上。女儿在地上盘腿而坐，呆呆地看着我，手里把玩着玩具。以前的周六晚上，我们都会玩比萨斜塔的游戏，她手里拿着的就是那色彩缤纷的人形棋子。女儿在灰色的地毯上试着将蓝色的棋子摆成三角形。以前，大概是她小学低年级的时候，她发现跟朋友玩更好玩，就再也没有缠着我，要我跟她玩了。妻子小时候没什么朋友，当时看着女儿和朋友玩，也有些羡慕。现在的我，像孩子一样让妻子抚摸我的头，回想着真实人生里的点点记忆。

“下一步？”不，在真实的人生里，我们不会谈这个。有这种感触的时候，我们都在说别的。这甚至连回忆都不是。

“是的。接下来重力也要被废除了。”妻子说。

“重力？”

我惊得睁开双眼，妻子却呆呆地望着女儿。

女儿用游戏里的旗子做成的三角形，逐渐变成由蓝色色素形成的淡蓝色液体。一层薄薄的三角形形状的液体晃晃悠悠地从地板上浮了上来，那种晃动使三角形的各边都变得不再是直线了。这种扭曲逐渐加剧，在空中保持着三角形形状的液体突然像失去了容器一样，本以为它会因重力落到地上，没想到它突然上升了。各个方向的力量拉扯着这个三角形，它的形状变化越来越复杂。

“好可怕啊，”妻子说，“废止了重力的话，实际上可能会发生严重的后果。迄今为止，我们认为是理所当然的事可能会崩坏，可能回不到原来的样子。我们喜欢的、想要抱紧的东西，可能再也无法触碰了。”

“就算这样，也一定要废除重力吗？”

妻子悲伤地摇了摇头，然后勉强笑了笑，说：

“不知道呢，我只知道不能让这个世界凝固。因为那是一种亵渎。而且我们很早之前不是就已经决定了吗？我们占到的座位不会让给任何人。”

“重力”现在正在被废除。所有有坐标的人都看着被解读完的正三角形分崩离析。在一种似乎有什么好事正在发生的氛围中，重力正在被废除。在这期间，所有人的人生都会得到爱的护佑。就好比我，现在正被自己最爱的两个女人呵护着。此时，肉海也会试图解读重力。重力一旦被解读了的话，即便被废止了，这个世界也能得以维持下去。所以，没问题，什么问题都没有。有问题的话，重力就不会被废止了。妻子抚摸着我的头，她的手突然变僵硬了，冰凉的小手指碰到我的额头。我闭着眼，紧紧地握着她的手尖。

“没事吧。即便重力被废除了，还有别的东西，对吧？”

妻子说完这句话，就移开了我的头，接着站起来，拉起女儿的手走出房间。

从窗口看到的风景里，没有东西在动，自行车和足球也好好地放在地上。重力依旧在起作用，没人发现它已经被废除了。那片积雨云，现在已经不是三角形了，而是像几个扭曲的椭圆形重叠在一起。我彻底从白日梦中醒来了。

二楼传来儿子的声音。妻子让儿子喊我。儿子的声音提醒我，饭已做好，就等我了。因为在沙发上搭得太久，我的其中一条腿麻了。我站起来，重新坐回沙发上，按摩了一会儿小腿肚。饭菜的香味实在太诱人，我抗拒不了这种诱惑，拖着麻木的腿上了二楼。妻子坐在餐桌前，回头看向我。她的脸真小啊，感觉和儿子的脸差不多大。妻子和儿子一起嗤嗤地笑，好像在搞什么恶作剧似的。看到他们的表情，我突然被一种莫名的悲伤击中了。

系统坏了，继重力后下一个会被废除的事物——我已经有预感了。

双塔

村民经常吃不饱，可他们建成了一座塔。若能凡事以吃为先，或许大家都不会饿肚子了。若能在庄稼活儿上再卖力一些，在农作物栽培或改良农具上动动脑子就好了。可他们偏不这么做。

孩子们从未被聚集到一起学习或劳动，一直玩到长大成人。有个孩子玩累了，仰望着村子里唯一的塔——如同文明终将消亡一般，这座塔也终将会消失。村子建于森林之中，被针叶树包围着，面积十分有限。吃完早饭，若在村子与森林的交界处走上一圈，即便是孩子也能在午饭前回到家。塔高出村外的树木许多。孩子们觉得它伸进云霄。

塔由木材搭建而成，一味追求高度的延伸，未被考虑用来居住，也不易攀爬。可是习惯了爬树的孩子们才不理这点，经常在塔上爬上爬下。自己身高十倍以下的高度，并没有那么难爬。再往上就有了便于攀爬的凹凸处，可以用来抓或者蹬。孩子们或许会因此认为再往上爬会更容易，可事实没有那么简单。随着高度的增加，孩子的手脚会越来越僵硬，该发力的时候经常用不上劲儿。离自己很远的地面上，其他孩子都在盯着自己。即便还是孩子，他此刻也能本能地意识到，从这个高度坠落必定摔死。于是，攀爬中的孩子决意不再往下看，仅仅专注于眼前和下一个动作。确定脚下踩牢了之后，便松开紧抓着凹凸处的一只手，随即抓住上面紧挨着的凹凸处。手上和脚下一起用力往上移动时，他感觉到了身在致命高处时的身体重量。即便如此，如果能干脆利落地完成每一个固定的动作，攀上塔顶根本不难。

这就好似人的一生啊！许多年岁已老的男子这么想。他们甚至觉得，爬上塔顶的那一瞬间才是醒悟的开始。攀爬中的那个孩子，正在以童心体味那种还无法用言语表达的感觉。指尖开始渗血，但半途而废就意味着死亡。爬到离塔尖仅有一棵树的高度时，有一个围塔而建的舞台。孩子终于可以在那里喘口气了。他首先往下看，俯视着其他朝自己挥手示意的孩子，却发觉自己无意回应。为何如此？因为此时的他，纵然万千感慨，却不知如何表达。

针叶树梢连在一起，看起来宛如绿色的毯子。远处，白色的山峰陡然耸立。大地连成一片，向远处无限延伸，且高高隆起。而这一切，都是孩子之前不曾想象过的。他再度放眼望去，一座建筑映入眼中。为何现在才看到呢？那是另一座塔，和脚下的这座一样，高耸入云。

在另一座塔下，另一个村落生息着。那个村子使用的语言与登塔的孩子所在的村落稍有不同，风俗习惯也不一样，但人们的肤色和饮食一模一样。毫无疑问，两个村子同根同源。

另一座塔下的村子里，没有男子登塔的仪式，塔仅用于重要的宗教仪式。这座塔高度稍低，但同样是木制，且做工精细。从四只塔脚到塔顶，其形状逐渐变细，木材被认真加工过，使用木制螺栓，组装成了格子形状。与此相比，先前村子的那座塔，与其叫塔，不如称作“一捆木头”更为合适。当然，另一座塔所在的村子并不认为本村的塔是“另一座塔”，他们认为别家村子的塔才是“另一座塔”。而且，两个村的村民都觉得“另一座塔不如自家的塔”。“比较矮”“做工粗糙”“过于花哨，令人不快”“粗制滥造，似乎马上要倒下”，等等。他们狠狠贬低对方的塔，而事实上，他们对另一座塔一无所知。

一个村子，男子为了证明自己已成年而登塔。而另一个村子，登塔被严令禁止，只有主持宗教仪式的一族，尤其是祭祀王本人，才被允许踏入那魅力十足的木制拱门深处的台阶。而就在另一座塔的舞台上歇息的孩子极目远眺时，这座塔的主祭正在塔上仰望着太阳。

两座塔离得很远，但刚满十四岁的孩子眼神极好，他清楚地看到另一座塔上随风飘扬的深蓝色旗子上绣着金色花纹，还发现有人戴着帽子站在一旁，甚至看到那人仰望着天空，双手伸开，嘴里念念有词。

祭祀王没有察觉孩子看到了自己。他正在为塔下那个村子的人们祈愿安康。对主祭而言，这是一种宿命。塔是村民的精神支柱，而自己出生在决定建造塔的家族，且本家族成员出任祭祀王这一传统代代传承至今。他甚至也为粗糙的塔所在的另一个村落祈祷太平。

顺利登上塔顶的孩子从塔上下来，兴致不减地在塔的四周昂首阔步。不，既然已经完成了登塔的成人礼，他便不是孩子，而是大人了。还未登塔的孩子跟在他身后，问他究竟看到了什么。但孩子的父亲在头一天晚上便告知他一条戒律，即不可将登塔后看到的一切告诉其他孩子。

刚刚成人的他，想起了自己还是孩子时，比自己年长几岁的大人说的话。

“空中有个洞。”某个年轻人说。

“是啊。刚刚爬过一半时，天和地便倒转过来，明明在向上爬，可不知不觉就下去了。塔尖戳破了天空，有一个很大的洞，那里面漆黑一片，一直是夜晚。一旦落入其中，便永远留在了不会终止的黑夜里。”

另外一个年轻人说：“塔尖上刺着一个桃子。”

“桃子特别好吃。桃汁滴落，濡湿了塔尖。那桃子比我以往吃过的所有桃子都好吃。塔尖的表面黏糊糊的，我小心翼翼地往上爬，以免手滑。我吃到了。那味道至今无法忘记呀。”

一个粗鲁的年轻人说：“上面有个女人，反正我都成人了，就跟她搞了一回。”

然而，这个孩子在成人之前，不相信任何一种说法。一看那些年轻人不认真的态度，他就明白了这点。可是，他坚信塔上肯定有什么，或者即便什么都没有，他可能也会从中得到某种启示。这个孩子很聪明，甚至想到了这些。

可他没想到，远处竟然还耸立着和这座塔相似的另一座塔。

“这个世界上，有人建了另一座塔。他们的村子很小，所以比我们愚昧。那既是我们的过往，也是我们的将来。”

在塔上，在太阳底下，祭祀王反复吟诵着应该向村民诉说的内容。正在接受成人典礼的孩子看到的，正是此时的祭祀王。他当然听不到祭祀王的声音，能看到祭祀王孤身一人的祭祀，也纯属凑巧。两个村子里几乎无人能在一生内看到那个场景。

那晚，为了庆祝新人加入成人的队伍，村里举行了宴会。孩子第一次饮酒，一边喝，一边听大人们谈论各自在塔上看到的画面。大家说的都是在舞台上的安心感、登上塔顶时的兴奋感、看到了另一座塔及那时的精神变化，还有为自家塔感到自豪与优越。但在场的人，没有一人提及在另一座塔上祈愿的祭祀王。

两座塔所在的村落相互从无交集。虽然都在森林中靠砍伐树木开拓自己的领地，但因为步伐太慢，世界灭亡之前也不会相遇。因为两个村子在初期就被所谓的“中央”设定成了这个模式。文明在“中央”发展而成，极尽繁华。于是“中央”将跟不上步伐的人分成无数个村落进行管理。距少男登塔大约三百年前，在“中央”权力的激烈斗争中失败的实力派们由于难以彻底融入“中央”，带着可以说是难民的人群，被打发到了“周边”地带。为了生存，他们劈开茂密的森林，扎根其中，随后形成了一个个村落。这样的村落曾有二十几个，但仅有两个存活了下来。

而且，两个村子都修建了塔，这点可能并非巧合。因为“中央”也曾经有塔。

*

两个村子里的塔与曾经存在于“中央”的塔完全无法相提并论。那座塔比号称“世界第一高”的迪拜哈利法塔还要高。若用现在普遍的方法测量，曾经存在于“中央”的塔高达八百八十八米。在汉字数字中，“八”字寓意繁荣，三个“八”连在一起更是象征大吉大利，可那在世上也仅仅是日语圈才有的说法，而“中央”之塔并不在这个日语圈内。另外，八八八也可能被认为是难得一遇的同点，但那是还没有以米为单位计算高度的方法时的事情。

由“中央”管理的两个村子存在于公历纪年法开始之前，比现代人类开始生存还要早十万年，比“地球”诞生、“宇宙”形成还要早。然而，巧合的是，现在的东京也有两座塔，与曾经的双塔所建的位置处于完全相同的相位关系中，犹如在不同行星的夜空中飘浮着的形状相同的星座一般。

东京的两座塔，一座被命名为东京塔，另一座被命名为东京天空树，两者都有发射电视信号的功能，游客可以乘电梯轻松到达展望台。东京天空树上被称为天望回廊的空间微微倾斜，以螺旋状围绕在塔周，沿回廊前进，就会越走越高。透过玻璃，包含东京都在内的关东平原一览无余，另一座塔——东京塔也能尽收眼底。一对男女正漫不经心地走在天望回廊上。男子是律师，打算向女子求婚，女子也察觉到了这一点。与两座塔所在的村子不同，日本规定一夫一妻制，缔结婚姻关系时，通常是男方向女方求婚。

结果，男子什么也没说出口，两人就下了塔。之后，两人来到坐落于双塔中间的东京站站前的丸之内大厦，在位于大厦三十六楼的一家法国餐厅里坐了下来。女子和男子同为律师，两人处于半同居状态，共用一台笔记本电脑。女子有时会偷偷看一下男子检索过的网页。男子大多浏览关于股价的图表与新闻、大型网络论坛、博客和统整网站、喜爱的音乐家的视频，偶尔也刷成人视频网站。对此，女子心中稍有不安，但在偷看时发现男子预约了今晚的西餐厅，随即察觉了他求婚的打算。

一道道菜肴被陆续端上，两人一边吃，一边闲聊。话题无非是最近热议的文学奖，东京奥运会会徽是否抄袭，还有目前的经济和军事形势。聊天的内容毫无特色，可以说在这个国家的任何一处都能听到。

不管聊到什么，男子都持否定态度，这点很少见。他说虽然现在的政权有些强硬，但国民反对一切也真够差劲的。他还说奥运会的会徽难道就不能认真设计吗？每低声发表完一段负能量言论，男子就咕咚地喝一大口红酒，女子用餐的速度稍慢。她一边喝碳酸水，一边观察男子令人意外的一面。男子平时很少发牢骚，虽不知他在职场怎样，但他在家里会认真完成属于自己的那份家务，是一个可以一起享受居家生活的好伴侣。不过女子也察觉到，一起看电影时，两人对电影的理解不太相同，有时无法产生共鸣。是的，这是一个无法相互理解，原本也没必要相互理解的伴侣。或许正因为如此，女子才一直觉得跟男子在一起很舒服。

男子感到自己红酒喝多了，连心跳都加快了。从女友背后的窗口看得见闪耀着红色灯光的东京塔，却很难把握距离的远近。那是一座旧塔，自己来到这个城市时只有这座塔。已经过去二十年了啊。男子沉浸在常见的感伤之中，同时又意识到自己背后有一座刚被建起来的白色的塔。那座坚硬的巨塔此刻正在黑暗之中强调着自己的存在。

“可能早就被你发现了，我今天有话对你说。我们尽快结婚吧！”

男子知道女子怀孕了，便等周末把她约了出来。男子以为女子肯定会同意，在等女子回答那会儿，他开始思考那件自己不愿去想又一直牵挂的事——关于自己初次杀人那件事。

*

那是遥远的过去，远在律师眺望着塔的这个行星诞生前，为祭祀王而修建的塔就已经落成了。在现在的宇宙诞生之前，既没有时间，也没有空间的概念。由于发生在那种状态之下，所以称之为“过去”并不妥当，但又是发生在“时间”开始之前，所以也算得上是过去吧。因为“时间结束之后”与“时间开始之前”是相关的，它们都被囊括在“时间之外”，这样便突出了“时间的存在”。说起来有些麻烦，那种感觉用现在的语言无法完美表达出来。总之，既然不算是“现在”，说成是“遥远的过去”也还算妥当吧。就在那时，祭祀王的塔已经建好了。

智慧生命体诞生了，他们成群结队，搭乘生物可以生息繁衍的“流浪行星”，经过了固定不动的一点，即“这里”。于是，智慧生命体开始建塔。祭祀王的塔就是这样建成的。东京塔是这样，“被拒之人”建的塔也是如此。而原因却无法解释得清。

“这里”是哪里，也很难表述清楚。比如，即便认识主体停在一个地方不动，但因为地球一直在自转，大家认为的“这里”已经不再是同一个地方。又比如，这对男女在丸之内大厦餐馆就座的位置，十二个小时前就在巴西最南端那个州的海上。而这只是将地球自转纳入考虑的情况，如果进一步将地球公转也考虑在内的话，“这里”就位于太阳与地球之间的空间里。若再加上太阳系内部各天体的移动，那就必须标明“这里”在整个银河系的坐标了。此外，由于整个宇宙在逐渐膨胀，受此影响，坐标也会跟着发生变化。从宇宙外部观察，认识主体眼中的“这里”，仿佛就像一条蜿蜒曲折的轨道，如同将高次方程式表格化了一般。从宇宙外部看去，这条轨道完全偏离了固定不动的“这里”。

男律师苦恼于自己曾杀过人，同时产生了一种错觉。他感觉原本距离很远的东京塔逼近眼前。存在于“遥远过去”的祭祀王，在虚幻中看到了这座红色的塔。祭祀王的洞察力非常人能比，他存在的世界曾一度关闭，世界再次开始之后，他甚至能感受得到居住在这个世界的人的呼吸。

祭祀王在本族的塔上张开双臂，体味着律师内心的苦楚，而律师此时正凝视着这座修建于祭祀王很久很久之后的塔。当然，祭祀王也在感知着其他很多事物，他很清楚那些与本族极其相似的智慧生命群所经历过的血雨腥风般的历史以及借此构筑出的城市、艺术、法律与爱。祭祀王本该首先为自己统治的民众祈祷，然后为另外那座塔下的邻居、双方都隶属的文明圈以及自己所存在的宇宙或世界祈祷。可是，祭祀王却将目光投向了遥远的事物，他为律师所在的世界献上了祈祷。而在比他关注的虚幻世界近得多的地方，有个孩子正从另一座塔上看着他，这点他却没有察觉到。

结束了成人典礼的那名孩子，刚起床就感到头痛，那是头天晚上饮酒的缘故。他环视周围，看到其他也刚刚成年的孩子，他们还在熟睡中。这是他作为成年人迎来的第一个早晨，可他毫无感慨。他随即坐起身，盘起了腿。昨天是个值得纪念的日子，他回想着昨天为了迎接成年而发生的事情。从早晨开始，家里的女人都莫名其妙地坐立不安，母亲和两个姐姐，还有住在隔壁的发小都是如此。登塔之前，他在家门口碰到了发小，朝她凶了句“怎么了”，结果她说“没什么啊，你别看我”。那副腔调虽然同往常一样，但声音里有种紧张似的颤动。他期待着，如果能够顺利通过成人典礼，就用不同以往的方式与她交往吧。

但是，今早孩子一觉醒来，就那么点想恋爱的心思也基本消散了。他满脑子想的都是另一座塔上那位张开双臂仰望天空的老人。昨天登上塔顶的其他刚成年的人都没有看到那位老人。他也问了村里年纪大的人，可没人知道那位老人，也没人对他说的话感兴趣。

*

后来建成的东京天空树，无论在高度还是建筑技术上，都凌驾于另一座高塔，即东京塔。但在祭祀王的塔和比它略高的、举行成人典礼的塔之间，后者尽管晚于前者建成，在建筑技术上却很稚拙。

这是因为两个村子的人没有接触过。虽然居住的地方都能看到对方的塔，却没有过交集。这实在是件奇妙的事，不过其中还是有原因的。因为两个村子都是“中央”用一定计谋故意隔开的。虽然肉眼看不见，但其实两个村子之间竖着使双方无法互相侵犯的壁垒。那是“中央”为了一直作为“中央”存在下去而故意设计的。

“中央”管辖着二十几个被隔断的“周边”村落。各个村落都被设定了可以勉强维持生息的人口数量、生活面积、文明规模。一旦超出了设定值，势必引起环境的变化，如火山喷发、洪水、严寒、大地震、有毒气体的排放、瘟疫等。这样一来，允许生息的土地面积就会变小，村落之间就会出现自然淘汰，文明程度也会随之降低。拥有悠久历史的“中央”区域的人们，很清楚某个村落的文明程度是和他们能够活动的空间大小成正比的。

停留在比“中央”文明程度严重落后状态的“周边村落”，好似被当成了如盆景般维持着的行星。为何“中央”要将世界搞成这种体系化的状态？因为那是“中央”的才智酿成的苦果之一。那之前，“中央”的人们已经先后模拟过几次世界的灭亡。文明的进步虽然对生命与长期保持年轻状态发挥着积极作用，但这种作用不可能永远存在，它只能持续到发展过程的中间，行星上镌刻的漫长历史也证实了这一点。

从某个时间点开始，进步便朝着夺取生存欲望的方向发展，生命个体的数量也会因此减少。当进步与永存之间的关系发生变化时，简单来说其实让文明倒退就可以了，只是生命却无法再生。在没有退路的状态下，“中央”便凭借自己的才智探索到了可能实现进步与永存二者共处的突破口。

各个村落的发展如果超出了被允许限度的最大值，限制生存土地扩张的开关就会发挥作用。如果迎来生存危机的村子不再谋求发展，环境的变化就会停止。土地比原来少了，人口减少了，在一进一退之间，文明程度又回到了和之前差不多的状态。即便村里的人口只剩下一个，“中央”设置的这一程序也不会停止。“周边”与“中央”完全是被隔开的。在这个程序中，“周边”对“中央”不做任何贡献。中央设置的这个程序不是统治，而应该叫作观察。也就是说，这是一个实验，实验的目的是为了调查在“发展是有害的”这一认识下，生命是否会逐渐抗拒发展。既然是实验的话，本来一直观察到结果出现就可以了，可是“中央”的人们都死绝了，自杀是其主要死因。而阻碍“周边”发展的壁垒却一直残留了下来。

发展到一定程度，被迫缩小的村落就这样一个又一个地灭亡了。对于“中央”的人来说，虽然没有可以突破的地方，但“周边”的确存在应该突破的壁垒。在有限的空间中，应该确立打破“中央”的壁垒的对策。然而，越致力于发展文明，被允许的空间就越有限，人口也会相应减少。在逐渐恶化的条件下，“中央”设置的阴谋不可能被破解，“周边”无法继续生存下去。

邻村的孩子亲眼看到祭祀王的时候，“中央”的人们已经灭绝，二十多个“周边”村落也减少到仅剩两个了。在仅剩的两个村子里，状况还没有到特别危急的程度。两个村子各自的发展上限值还有很大空间。但讽刺的是，负责为民众预测未来的祭祀王有着非同一般的洞察力。祭祀王看穿了“中央”的人们设置的世界本质。而且，他意识到，世界正朝着灭亡的方向发展，自己统治的民众和另外一座塔下的人们，他们的子孙不可能永远地存续下去。

祭祀王无计可施，为了不让悲伤占据内心，他一直凝视着眼前的空气。他的双眼映出了这个行星上无色透明的、微微颤动的大气。那里不存在偶然。无论是哪个孩子，都受充满这个宇宙的所有粒子影响。所以，大气中的每一粒颗粒都镌刻着宇宙整体的过去以及未来的所有信息。祭祀王认为，从大气拥有的特性来看，未来应该就像他在冥想时看到的一样，仔细打量，巨大的东京塔的形状和祭祀王所在的塔十分相似。

*

男子向女友求了婚，之后便沉浸在个人思绪中，他很难看透妆容完美的女友在想什么。她打扮成这种出门的样子，总觉得和平时的她不是同一个人。是什么时候呢？她说自己一到外边就会紧张。男子很难理解那种感觉，有必要把外人那么当回事吗？不，正因为这点，自己才杀人了啊，男子心想。

男子在专门为企业服务的律师事务所工作。法人之间的拼杀就是在逻辑缜密的对话中挖掘破绽。若公司的相关部门还未成熟，有时会上律师的当，惹上毫无意义的官司。律师如果心眼比较坏，可能会像碰瓷儿的人似的大声嚷嚷，制造舆论，以此要挟私了金。即便如此，就律师这份工作而言，为法人服务还是比为个人服务要让人省心得多。男子一直这么觉得。

“角川死了。”

昨天男子听到了这个消息，颇为震惊。角川是被告企业的法律事务负责人。原被告双方都是有数百员工的企业，虽然规模相近，但经营状况完全不同。男子所负责的原告方是十年连续盈利的优良企业，而被告方连资金储备都一塌糊涂。在这种状况下，被告方的新产品侵害了原告方的专利。男子在与原告方商议之后，携手擅长打专利保护方面官司的自家律师事务所，进行了非常周全的准备。显而易见，男子这方会获胜。

而被告方的法律事务负责人死了，而且是自杀。被告方律师将死者角川卷入到这场毫无取胜可能性的官司中。男子在听了角川的死讯后，虽然很想质问对方律师“告诉自己这个消息是什么居心”，可没有问出口。男子本以为自己掩饰住了内心的震颤，但对方律师的嘴边似乎还是浮起了得意的笑容。无论是背负毫无缘由的罪恶感，还是和这种人拥有同类意识，都让男子无法忍受。

“我不结婚。”

男子正陷进自己的思绪中无法自拔时，听到了女友意想不到的回复，他一下没听懂。女子往自己的杯里加着碳酸水，咕咚咕咚的声音听着很悦耳，好像在附和这声回答似的，男子耳边也传来某种声音。他侧耳倾听。

被拒、被拒、被拒、被拒……

传入男子耳中的是这个词。是幻听吗？虽然声音很小，小得难以听到，但认真听的话，那词又像与女友发出的所有声音重叠在了一起，如往桌子上放玻璃杯的声音、在椅子上活动身体的声音，等等。越认真听那个词，就越清晰。

被拒、被拒、被拒、被拒……

对于“被拒之人”（Rejected People）来说，这个词就像口头禅。他们一边发出自嘲般的笑声，一边反复念叨这个词。在律师向女子求婚的大约五百年之后，人类为了能够永远生存，毅然决定要将所有人的精神和肉体当成一个个体来管理。那样一来，既可以让融入“肉海”，化为一个整体的人类永远存续，还能经常更新才智。再过五百年，作为更新才智的方法之一，人形生物将被生产出来。这些生物由不阻碍维持肉海存续的剩余成分构成，肉海此时已变成了凝胶状。被排出肉海的他们，因探索才智更新的可能性而要一直对话。他们也把自己那无休无止的对话叫作废话。所谓被拒之人，则是他们的自称，“肉海”并未为他们取名。被拒之人长着人的模样，才智的碎片随机存放在脑容量有限的大脑里。肉海在自身内部进行才智的更新，但为了保持人类在个体状态下，其切磋琢磨特性发挥作用的可能性，需要被拒之人的存在。

被拒、被拒、被拒、被拒……律师听到的声音是两种被拒之人中的一种发出的，来自持续着废话的被拒之人。此时的行星上，只有已经变成凝胶状的人类整体（肉海）和被拒之人。融为一体、化为凝胶状的人类挤入曾被称为都市的残骸缝隙之间。除了两种被拒之人之外，再没有可以活动的东西了。亚洲人风格的被拒之人像机器一样用苍白的声音反复说“被拒”，另外一种则是印欧混血风格，他们温和地斜视着反复发出让人腻烦的声音的对方。

被拒之人连接上才智需要用到一种名叫“万能之物”的装置，“被拒”的声音是由它发出的。被拒之人在对话中突然想起什么的时候，只需将手放入“万能之物”的控制板，一切都会实现。但是，这个装置会根据被提议的事物是否全新，来发出判定“被接受或被拒绝”的声音。所谓是否全新，指的是提议相对于人类的“才智”来说是否全新，即被拒之人的提议将与被拒绝的声音同时发出。不管这种提议到目前为止是否曾经有过，提议的内容都由“万能之物”全部具体体现出来。在被拒之人如此自我称呼之前，从废话中产生的想法有时也能更新才智。将手放入“万能之物”，试图将这些想法具体体现之际，装置就会发出“被接受”的鸣叫。但是，随着被拒之人长期闭塞程度的加深，响声后来只出现“被拒绝”了。

律师听到了大约六百五十年之后才会存在的人的声音，还有现在本应无法听到的“被拒”的嘟哝声。眼前，女友在往玻璃杯里倒碳酸水，这是一个被人类重复了几亿次的动作。完全没有新意的行为，当然应该被拒绝。女友将杯子贴近涂了淡粉色口红的唇边。被拒绝了。然后她稍稍望了望杯子里升起的泡沫，就又搁回了桌子上。被拒绝了。

律师使劲眨了眨眼睛，盯着女友。眼前的女子很快就不仅仅是女友了。不，不是这样，严格说来，她正在消失。长着她的模样的“无”坐在那里，正在空间里钻孔。长着女子形状的“无”在用餐，正拿着刀子和叉子切肉吃肉。所有的声音都重叠着被拒、被拒、被拒的声音。

“没事吧？”女子的声音上也重叠着“被拒”。

“噢，没什么。”

“怎么说呢？你态度变化不是因为我吧。在谈结婚之前，你的心情就不好。”

那是因为有人因我而死了呀。男子真心话在大脑里回响。他眼睛往下看，发现拿刀的右手不见了。男子想，说不定这是传来的声音导致的呢，但从根本上说，现在有比幻听、比角川的死更应该面对的事。即便角川是自杀而死，可自己什么也没做啊。打官司一事恐怕也只是他很小的一部分心事。这明摆着啊！女友消失，我的右手不见，这些都没道理啊。男子不由得放下了刀子，刀子落在了盘子上，发出了刺耳的声音。被拒——

“不结婚？什么意思？我可是孩子的父亲啊。”

“确实，可我本来就打算有了孩子一个人养的。不是因为讨厌你，也不是因为不信任你。可我就想自己生、自己养。我有积蓄，即便不工作，专心带三年孩子也没问题。之后我想开一家私人律师事务所。”

“不会吧……我理解不了，原来我们之间是这样的关系吗？我一直觉得我们想法一致呢。”

*

女友和男子的右手究竟去了哪里？当然哪里也没去。它们的消失只是因错觉而起，可是有时也会显现出真实的蛛丝马迹。那是在被拒之人存在的未来世界之中。引起男子错觉的是从穿越时空之处传来的声音。

可即便如此，也只是一部分瞬间穿越了时空的而已，和祭祀王的洞察力根本不能相提并论。在与东京塔相似的那村落的塔上，祭祀王将两只手卷成筒状，放在双眼上。他注视着与自己不同的世界里，那位身处两座高塔之间某处的律师的动静。祭祀王虽然祈祷着两个不会重合的世界可以永远存续，同时也感知到自己所在世界即将终止以及之后即将开始的新世界。新世界现在是夜晚，身着华丽服装的男女正在高处那闪闪发光的透明箱子里。女子背后有一座红色的塔，男子背后是白色的塔。

在双塔矗立的地方，祭祀王看着比律师所处的时代更加遥远的未来风景。在那里，有两种生物正在对话，它们不是人，和人的形状比较接近。塔还未建，这两种生物伫立在废墟与肉海相互纠缠的地表上。

律师一喝醉，皮肤就没了血色，脸色变得特别难看。他的大脑一片混乱，试图同时思考两件事情。有人因自己而死，徒留一时感伤。他想，不管怎样，人身处复杂的社会，都是边排挤他人边生存的。尽管自己没有直接下手，仅仅是乘着体制之机，却造成了压迫榨取弱者、有时还夺人性命的后果。这次只是因与果碰巧接近而已。理所当然啊（Rejected）。被女友拒绝很正常啊，她也是第一次怀孕，因此有些伤感而已。同居之后，彼此反倒难以正经交谈了，目前为止还从未谈过结婚。男子心想，因为一直没有避孕，所以他想着一旦时机成熟，就可以结婚成家。这时，呈现女友形状的裂缝里传来了声音。

“抱歉啊，可我就这么决定了，不和你同居，自己一个人养育孩子。你只需要承认他就行了。我也没打算不让你见孩子。等他懂事了，我也得问他想不想见自己的父亲。如果他说想见你，我会让你们见面的。

我刚刚也说过了，我早就这么决定了，一直都没跟你提起这点，真的很对不起。”

“为什么要将我和孩子分开呢？我也有做父亲的权利啊。”

“你是孩子的父亲，这是事实。我觉得，父母、祖父母，包括所有亲戚在内，都围着一个孩子转，这是不正常的。”

“我也很爱自己的孩子，尽管还没让你见过我父母，他们也很喜欢孩子。”

“其实孩子并没有那么可爱啊，那是种错觉。我现在之所以对肚子里的孩子有特别的感觉，也是因为我与孩子还处于未分化的状态。等孩子懂事了，他和我就是不同的个体了，都有各自的生存方式和感觉啊。而且，无论是谁，都应该喜爱所有孩子呀，因为孩子就应该在社会中成长。”

“我不懂你在说什么。你为什么非得这么想呢？”

“是为了建塔啊。”一个女形被拒之人说道。这个女形被拒之人长着印欧混血儿的外表，在和一个嘟哝着“被拒”的、男形被拒之人讲话。两类被拒之人此刻站在肉海与废墟纠缠在一起的大地上。女子从一直说着废话的男子身上移开视线，看向地面。风在吹，她栗色的头发被风吹乱了。

*

两个被拒之人开始建塔了。他们因为通过了“这里”才建塔，可以说这是一种反复重复了无数次的行为。向“万能之物”伸手，从肉海运出构材的时候,“被拒”的声音会响起。男形被拒之人对此毫不在意,继续在控制面板操作。肉海那松软块状的一部分逐渐变得浑浊,接着吐出了被拒之人想要的材料——塔底的材料、塔体的材料等等。材料都是强度与质量刚好协调的合成金属。这是“才智”创造出的,人类历史上最好的材料。

两个被拒之人将从肉海中取出的材料组合起来,瞬间建成了一座塔,大概二十米高。

“塔建好了。”

男形被拒之人说道。

“这样的不能叫塔。要再高些才行。”

女形被拒之人说。

“可是,要想建成那样……”说到这里,男形被拒之人结巴了一下,接着又说,“要想建成那样,光靠我们是不行的呀。”

那么,我们再找些人吧。尽量多叫些被拒之人。不把塔建得高一些不行啊。这样的根本不能称之为塔呀。

律师出现了幻觉,他竟然在已经变成裂缝的女友对面看到了东京塔。仅仅从高度来看,那座红色的塔就已经很壮观了。他心想,没必要建另一座塔了吧。他对孕育着自己孩子的女子说道:

“孩子只有我们,不是吗?就像人类走到现在这样,即便是微不足道的爱也可以啊,我们用爱呵护着孩子不好吗?”

男子一边望着呈现女友形状的空白,一边反思自己说过的话。就像人类走到今天那样?这措辞多夸张啊!亲眼看见这裂缝后,男子的状态就有些失常了。而那条裂缝传出了轻微的声音。男子闭上眼睛,想整理一下自己的思绪。男子想，夸张也好，怎样也好，这种时候自己更不能放手。男子的感情也好，意志也罢，都不太确定，在这种状态下，想要开口说些什么的他一时语塞了——因为变成裂缝的女友和世界的样子都已经颠倒了。

在什么都没有的空间里，只剩女友和自己。男子一直盯着女友的脸。眼睛有些湿润的女友开口说：

“我为什么一定要对你说这些，我自己也很难过。可是，我知道这是对的，我不能把孩子当成自己的。这是逃避，是诅咒。我觉得我就是为了活成这样才做律师的，为了确保充足的收入才一直这么活过来的。我也说不好，但我说的这种情况也是有的，对吧？一旦我这种想法或是心气被剥夺了，我感觉我就无法好好活下去了。”

为了“建更高的塔”这种老掉牙的目的，女形被拒之人试图寻找其他的被拒之人。对于女形的这种想法，男形被拒之人觉得毫无意义。他心想，我们就是两种风格的被拒之人，只要我们齐心协力就可以建成啊，虽然可能只有二十米高，但也很像样。可她竟然觉得它不是塔……

“可的确不是塔啊。塔应该更高，高到能够看到临近的塔才对呀。”女形被拒之人这么说，语气似乎有些悲壮。

“附近的塔？”

“是啊，附近的塔。塔必须有两座。”

“必须有两座？也不一定吧。这个世界上，可能只有我们这一座塔。就算以前有过别的塔，可能也都塌了。即便塔高到够得着月亮，可能也看不到附近的塔吧。”

“月亮？”

“嗯，到月亮。”

“你觉得那么高就够了吗？”女形被拒之人这么问道。

祭祀王从东京塔上注视着这两个男人，这两个分属于不同世界，同时正被女人搞得不知如何是好的男人。当然，他用肉眼根本看不到，于是用了一副投币望远镜在看。

“赶紧开始建塔吧。”女形被拒之人说，“我们把塔建得高高的，直到能看到附近的塔为止。即便高得够得着月亮，也没什么不好啊。因为建到那么高，就不会再有重力什么的了，可以想建多高就建多高了，所以，就没有必要用高度表示这座塔了呢。如果顶部够得着月亮，那要从地球和月亮——从哪个天体地表去测量塔的高度呢？不过，即便我们建了塔，如果在同一时间附近没有塔，也没什么意思吧。我们索性等到另一座塔建起来吧。在那之前，我们不如先去别的时空看看，这点我们还是可以做到的嘛。再说了，我们是被拒之人呀。因为我们存活在所有事物都已经被完成的状态之中，哪里都没有新的创意了。所有的想象都已经由万能的生物实现了，我们只是万能生物走入穷途末路的结果罢了。”

是啊，祭祀王想。你们要建塔就建吧，建多高都行，那座塔能伸到我们这个闭塞的世界里吧。我们这里有塔。与你们的塔不同，是我们的塔。我们和你们的长相也稍有不同，不过同为智慧生物，互相应该能够充分理解吧。虽然所处时空和世界都不一样，但我们确实在这里，在追随着你们。所以，请把塔建得高一些吧。超越距离，超越时间，超越世界的壁垒，一直伸到我们这里。在我们这两个村子里的任何一座塔倒塌之前，我希望它们能和你们的塔并肩而立。

律师想不出该如何回应妊娠的女友。那天，两人一起回到了半同居的房子里。女友一周之内拿走了自己所有的东西，再也没有回来。之后，两人一直没有联系过。两个月的时间里，律师每一天都过得焦躁不安。某天下班时，男子的电话响了，他急忙赶往约定的咖啡馆。两个月未见的女友，肚子还不是太大。

“喝太多咖啡，可能会导致早产，所以我现在一天最多喝两杯。

“手头的案件一点头绪都没有，看来可能很费劲。

“你怎么样？还是那么忙吗？”

女子好像很着急似的，讲起来就滔滔不绝，男子不时附和几句。不知怎的两人谈到了新居。究竟是怎么谈起这个话题的，男子也不清楚。不过男子对这个话题很感兴趣，于是两人就畅谈起来。

后来，两人在各自公司的中点地带租了一间新屋，又开始了同居。再后来，好似什么都没发生过一样，两人结了婚，又生了一个孩子。对于妻子在结婚前的犹豫不决，男子把它当成孕期抑郁症的症状，坦然接受了。

只有一次，男子重提了那件事，那是他们第一个孩子五岁的时候。妻子下班后将孩子从托管所接了回来，男子给孩子洗完澡，哄孩子睡着之后，打算继续工作或者喝点酒，这时他问了女子一句，为什么那时说要一个人养孩子呢？妻子的表情一下显得很不安。

“你将我带到东京天空树那里，然后说了关于塔的故事，对吧？于是，我就觉得自己不能一直平庸下去，我无法忍受放弃属于自己的任何东西。”

“放弃？”

“我也不太明白。”

男子隐约记起向女子求婚时，确实思考过东京塔和东京天空树的问题。他感觉那会儿确实牵挂着什么事，不过现在记不起来了。男子对女子说“那天喝醉了，可能说了什么让你生气的话吧”。

自那之后，两人就没再提过这件事。这对夫妻活着的时候，社会还没发展到足以建起祭祀王所期待的那座塔的程度。不止这对夫妻，人们正处于完全放弃与自然、时间和神灵对抗的阶段。

律师夫妇留下两个孩子死去之后，在两个孩子的寿命终结很久很久之后，两个被拒之人一直在对话。男子听到“被拒”这种嘟哝声，以及祭祀王看到他的身影，这类事情自那之后再也没有发生过。后来，世界并未灭亡，因为人类变成肉海，得以存续下去。两个被拒之人为了建成高度可以伸往月球的塔，需要寻找其他风格的被拒之人。和人不同，被拒之人没有繁殖的功能。所以，尽管他们分男女，却无法生儿育女。

这对被拒之人在肉海无边无际的地表上一直寻觅，搜罗到了一百二十八种风格的被拒之人。说服了这些人之后，他们再次开始建塔。那座塔最终建成了。它突破了时空，跨越了世界的壁垒，到达了祭祀王所在的世界，即便在三次元世界也无法描述塔的形状。与被拒之人的所建之塔比肩而立的，是“中央”建成的那座塔。那时，在那个文明圈里，能被称为塔的建筑物只有一座。无论是未建成的祭祀王的塔和邻村的塔，还是东京塔和东京天空树，在高度上都无法与“中央”的塔匹敌。虽然“中央”的塔无法在高度上与被拒之人建的塔相提并论，但整体来看，两者不分伯仲。被拒之人毫不吝啬地为建造“中央”的塔的男男女女送上了自己的掌声。

也就是说，那件事发生在邻村少男亲眼看到祭祀王的祈祷之前，甚至发生在祭祀王出生之前。被拒之人建的塔突然出现了，两个原本不可能相连的世界，以连“中央”的才智也预想不到的方式连接了起来。顺着那座塔攀爬，一百二十八种风格的被拒之人出现在了人们的面前。

即使来到了另一个世界，被拒之人依然不停地说着废话。从“肉海”中诞生的这些人工生命为发现了存在与自己建的塔能够配对的塔而庆祝，却不那么在意与不同世界居民的交流。本来被拒之人与“中央”的人们形状就不同，两者甚至得从交流方式开始摸索。而且，每种被拒之人所掌握的知识又都是碎片式的，“中央”的人们却将被拒之人的废话毫无遗漏地记录了下来，花了很长时间去解读。通过这些废话弄懂了很多原本并不了解的真相，如新人类变成“肉海”，不久后又诞生了被拒之人的经过。那期间，行星的未来发生了改变。未来，将不会存在“中央”的人们在“周边”创建彼此隔离的众多村落的情况。

后来，被拒之人也不再是被拒之人了。就像祝福不同世界的智慧生命之间的交流一般，“万能之物”也高声奏响了“被接受”的新篇章。

如此，祭祀王的祈愿，在祭祀王祈祷之前就实现了。

可喜可贺（Rejected）。

原作名：塔と重力；作者：上田岳弘
TOU TO JYURYOKU by Takahiro Ueda

图书在版编目（CIP）数据

塔与重力 / (日) 上田岳弘著；吴春燕译. -- 北京:新星出版社, 2022.7

ISBN 978-7-5133-4975-8

Ⅰ.①塔… Ⅱ.①上… ②吴… Ⅲ.①幻想小说－小说集－日本－现代 Ⅳ.①I313.45

中国版本图书馆CIP数据核字(2022)第111246号

本书为引进版图书，为最大限度保留原作特色，尊重作者写作习惯，酌情保留了部分外来词汇。特此说明。

塔与重力

［日］上田岳弘 著；吴春燕 译

责任编辑：李文彧
特约编辑：刘嘉欣
责任印制：李珊珊
装帧设计：杨　玮

出版发行：新星出版社
出 版 人：马汝军
社　　址：北京市西城区车公庄大街丙 3 号楼　100044
网　　址：www.newstarpress.com
电　　话：010-88310888
传　　真：010-65270449
法律顾问：北京市岳成律师事务所

读者服务：010-88310811　service@newstarpress.com
邮购地址：北京市西城区车公庄大街丙 3 号楼　100044

印　　刷：凸版艺彩（东莞）印刷有限公司
开　　本：890mm×1240mm　1/32
印　　张：4.75
字　　数：105千字
版　　次：2022年7月第一版　2022年7月第一次印刷
书　　号：ISBN 978-7-5133-4975-8
定　　价：55.00元